生命的远方

刘晓光诗词选（二）

Shengming de Yuanfang

Liuxiaoguang Shicixuan

刘晓光 著

中国财经出版传媒集团

经济科学出版社

Economic Science Press

序

送走晓光已有半年之久，但看到他的诗集，才知道他一直活在我们的心中，从未离去。

三十多年前第一次进晓光的办公室时，他还是个政府中最年轻的处级官员，一副高高在上的样子，让我在市政府大楼的走廊里等了四个小时。直到吃午饭时才想起门外的我，但却冒着摘掉乌纱帽的风险，批准了企业改革的方案。

虽然他长期手握着审批权力的笔，却因敢于创新，为企业打开了市场的大门，与企业家们成了好朋友。

诗中他提到的那次事件，促使他放弃了当官，走进了创业的行列，成为一个成功的企业家。也让我们成了莫逆之交。我们曾在同一个行业中战斗，做过许多次的交易，有过无数的相互帮助，我曾助其收购了上市公司，他则在我二次创业时，毫不犹豫地成了我的股东，支持我东山再起，并肩战斗。

刘晓光拉我进入和组建了阿拉善协会，专门投身于荒漠化的治理，凝聚了数百名企业家的力量，为留住中国的碧水蓝天而致力环保。

我们曾一起畅游额尔古纳的大草原，才知道晓光是位“诗人”。一路上坐在汽车里，我们开始你一句我一句地斗诗，中途坐在桦树林中，则一首一首地叫板，骑在马背上，也要高声朗诵几句心中的感慨！更加深了我们之间的了解和打不破的友谊。

诗已成为了晓光离不开的最爱，无论走到哪里，他也会在空闲之时，用诗的形式记录下他心中的秘密。诗早已成为了晓光的日记，诗中有他的生活、他的情怀、他的思念和他的梦想。

也正如诗中所言，人为什么活着？活着要有价值，要有品质、要让有滋有味的生命过程中充满阳光和人性。

他的诗中，有人说缺少些韵律，也有许多散文式的粗话，但真实地记录下了他内心的理解与感受。有一份特殊的情、特殊的爱、特殊的恨和特殊的纯，他无须过多的装饰，却将一颗心真诚地展现给了这个社会。

他细心地观察，即使是第二次的重游，也能够找到新的发现和体会。尤其是他对阿拉善协会环保事业的投入，更是像终身的使命，把一副社会公益的担子，压在了自己的肩膀上，勇敢地向社会、向企业家发出了来自灵魂深入的呐喊。一次又一次地走进阿拉善沙漠，一次又一次地拯救着中国被污染、破坏了的环境，将本属于社会的责任，变成了生命的追求。

正是他的这种精神，感染了七百多名全国的企业

家们，追随着他的脚步，踏上了保护环境的艰难之路，并正在影响着更多的八零后、九零后，加入到这个自愿身负重任的行列，共同完成他的心愿！

生活总是有苦有甜，诗中也总是不会风平浪静，他自悟“其实最苦做诗人，心力枉抛谁为真……原来痴语最为珍”。

诗是一种情感的抒发，也是心灵的忏悔，更是一种誓言，让生命走向远方的誓言。

任志强

2017 年 8 月 7 日

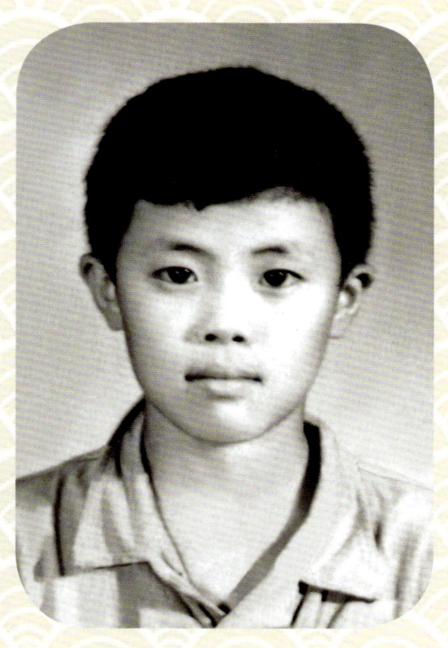

▲ 1962 年　7 岁的童年

▲ 1972 年　在新疆当兵

▲ 1973 年　天山脚下

▲ 1976 年　转业后当车间主任

▲ 1981 年　大学期间代表班级领奖

▲ 1994 年　组建首创集团时期

▲ 2003 年 6 月　参加首都城市规划会议

▲ 2003 年 6 月　首创置业香港上市全球招股

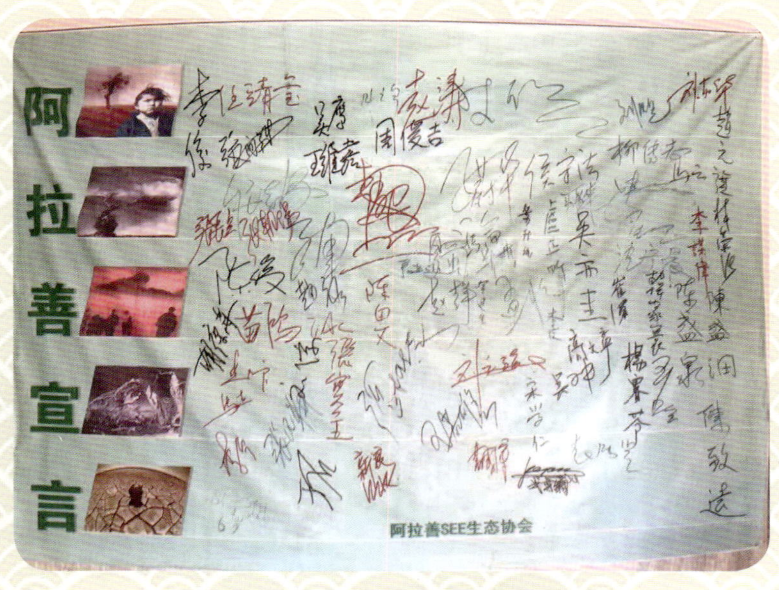

▲ 2004 年　“阿拉善宣言”会员签名

（刘晓光签名右上角）

▲ 2008 年 7 月　与任志强在额尔古纳考察项目

▲ 2008 年 8 月　参加北京奥运会开幕式

▲ 2009 年 10 月　参选阿拉善协会理事讲演

▲ 2010 年春节　首创集团新春联欢会

▲ 2010 年 5 月　上海世博会

▲ 2010 年 9 月　井冈山红色之旅

◀ 2010 年 9 月　雅安

大熊猫保护基地

▲ 2010 年 10 月　在中东闯资本市场

▲ 2010 年　陪同领导考察

▲ 2010 年　强人刘晓光

▲ 2010 年　参加国际会议

▲ 2011 年 4 月　休闲

▲ 2011 年 8 月　骨折后在葫芦岛休假

▲ 2012 年 1 月　慕田峪长城

▲ 2012 年 2 月　会见香港原特首董建华

▲ 2012 年 2 月　亚布力论坛上过生日读诗

▲ 2012 年 4 月　西藏布达拉宫

▲ 2012 年 12 月　三亚

▲ 2013 年 2 月　参加亚布力论坛

▲ 2013 年 10 月　画油画

▶ 2014 年　纽约时代广场电子牌

▲ 2013 年 11 月　在集团办公室

▲ 2014 年 1 月　参加达沃斯论坛

▲ 2014 年 2 月　两个同年同月同日生的老友过生日

▲ 2014 年 5 月　小憩

▲ 2014 年 10 月　在阿拉善种梭梭树

▲ 2014 年 10 月　苏州太湖吟诗

▲ 2014 年 10 月　与首创总经理王灏及

中层干部在中国金融博览会上

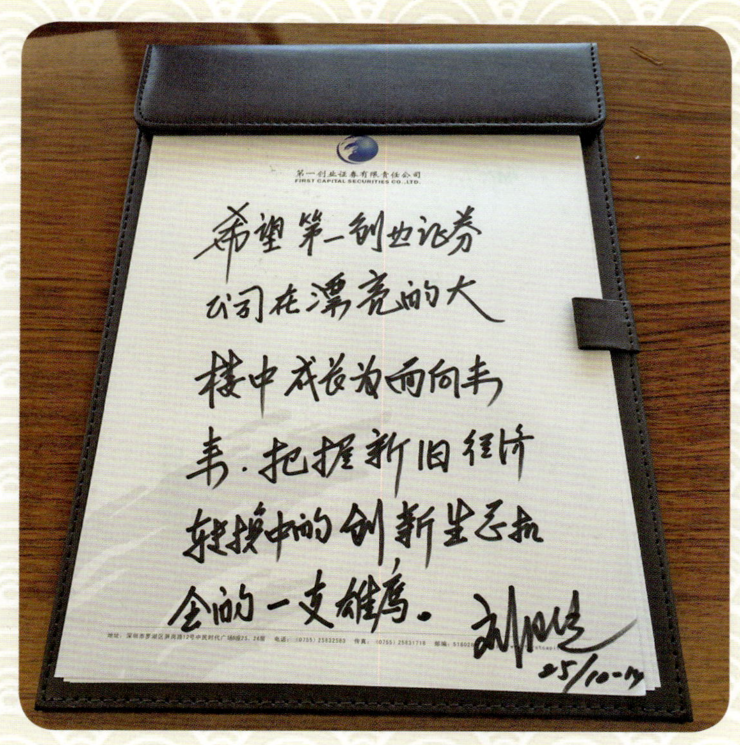
第一创业证券有限责任公司
FIRST CAPITAL SECURITIES CO.,LTD.

希望第一创业证券
公司在漂亮的大
楼中成长为面向未
来.把握新旧经济
转换中的创新生态机
会的一支雄鹰。

25/10-14

▲ 2014 年 10 月　祝贺第一创业深圳投行大厦建成

▲ 2014 年 11 月　与任志强在阿拉善年会上

▲ 2014 年 11 月　与任志强、冯仑在阿拉善企业年会上

▲ 2014 年 11 月　参加 APEC 会议

▲ 2014 年 12 月　在意大利考察彩虹公司

▲ 2015 年 1 月　在大理洱海

◀ 2015 年 1 月　在大理洱海骑行

▲ 2015 年 11 月　参加摩洛哥中非企业家峰会

▲ 2015 年 5 月　参加首创集团 20 周年纪念活动

▲ 2015 年 6 月　在老家河北定州

▲ 2015 年 8 月　童乐

▲ 2015 年 9 月　在法国参加

中欧企业家峰会

▲ 2015 年 10 月　阿拉善旗下

▲ 2015 年 10 月　在希腊 – 圣托里尼岛旅游

▲ 2015 年 10 月　在希腊旅游

▲ 2015 年 10 月　在阿拉善收小米

▲ 2016 年 1 月　在北京市第十四届人代会上

▲ 2016 年 2 月　春节在三亚

▲ 2016 年 2 月　与任志强、王巍在亚布力论坛老友记

▲ 2016 年 2 月　在亚布力论坛上

▲ 2016 年 3 月　走访大别山

▲ 2016 年 5 月　在阿拉善种梭梭树

▲ 2016 年 5 月　第一创业证券公司上市

▲ 2016 年 5 月　在长沙远大科技集团总部

▲ 2016 年 7 月　在旧金山玫瑰花园

▲ 2016 年 7 月　在美国斯坦福大学

风雨十二载，
会员遍中国，
海外也开花，
兰天碧水情，
阳光灿烂时，
人性满爱心。

刘晓光
2016.10.8

▶ 2016 年 10 月　阿拉善协会成立 12 周年贺词

▲刘晓光油画《秋》

▲ 2016 年 10 月　与王石、韩家寰在阿拉善协会 12 周年年会上

▲ 2016 年 10 月　与阿拉善协会湖南项目中心会员合影

▲ 2016 年 10 月　与任志强、张树新、钱晓华在阿拉善自然历史博物馆前

▲ 2016 年 10 月　与阿拉善协会华东项目中心会员合影

▲ 2016 年 10 月　在葡萄牙旅游

▲ 2016 年 10 月　在葡萄牙波尔图旅游

▲ 2016 年 10 月　沙滩写诗

▲ 2016 年 11 月　在宜昌城镇化论坛

▲ 2016 年 11 月　在宜昌城镇化论坛

▲ 2016 年 11 月　在宜昌城镇化论坛上讲演

▲ 2017 年 1 月　张宝全先生为刘晓光画像

▲ 2017 年 5 月　阿拉善“晓光林”

▲ 2017 年 1 月　部分阿拉善协会会员捐赠建立“晓光林”

种植梭梭树以纪念刘晓光对治沙环保的贡献

图为同年 5 月“晓光林”揭幕仪式

阿拉善SEE

绿色接力 让世界深呼吸

第七届SEE生态奖

获奖证书

评委会特别奖

刘晓光

感谢您在环境保护与绿色可持续发展视野中作出的突出贡献

特此向您颁发2017年

第七届SEE生态奖

希望与您一起携手筑就未来，留住碧水蓝天

阿拉善SEE公益机构会长：钱晓华

2017年6月5日

◀ 2017 年 6 月　获第七届 SEE 生态奖特别奖

▶ 刘晓光油画《多彩思维》

目　录

2013 年 12 月

黄山太平湖

（一）到太平湖

一路高速到太平，百种植物遍山峰，
绿红黄紫蓝天碧，徽派农舍炊烟浓。
太平湖系高山湖，方圆百里水质清，
黄山之水哺长江，奔腾钱塘水脉通。
五八跃进建水库，苏联专家技术精，
联想大湖苏伊士，富人医养度假宫。
体检康复养老业，立体产业智能型，
名山秀水大美地，情侣翡翠江南星。
高山峡谷湖泊翠，山峦叠嶂林海葱，
湖中画卷景中画，黄金岛配乌石龙。
太湖无此幽深处，三峡无此青翠屏，
西子无此胸襟大，名湖无此多彩虹。

（二）小城黄山

群山涧中一条江，青山碧水黛瓦房，
江心小船静飘动，路边桂花好香樟。
徽州古村秀民居，烟霞百里水流长，

读诗画景青山踏，捕文掠史美观光。
饮茶摄影游古城，养心体检健身强，
医疗养生长度假，文化旅游新故乡。
秀美乡村画中画，杜鹃桂花玉兰香，
屯溪老街三百年，文物歙砚尽宝藏。
石雕木雕青砖雕，古画中堂墨宝香，
明代嘉靖古钟绝，楹联畅笔通三江。
诗乃心声词对诗，流水高山展理想，
徽州屯溪小黄山，文化瑰宝有芳香。

首创十八年

风风雨雨十八年，红缨苦旅打江山，
不忘创业打井人，继往开来写新篇。
移木成林属林董[1]，雅意春勤[2]有谋练，
七彩晓光[3]发动机，灏总[4]描绘新画卷。
首创就像一池水，保护环境卫蓝天，
首创就像一把火，改革创新正循环。
激情责任敢担当，创业旗帜飘百年。

注：1. 林董指首创原董事长林豹。2. 春勤指首创原董事长冯春勤。3. 晓光指首创原董事长刘晓光。4. 灏总指首创原总经理王灏。

腾　冲

（一）腾冲印象

飞机绕过山峰落了地，
我那颗揪着的心才算把恐惧丢弃。
先不去古镇，
心早已飞向了北海大湿地。
腾冲海拔一千六百米，
地产商的手笔震撼无比。
大规模，专业化，吃透价值链，
五十四洞高球场，
一百三十万平米别墅、公寓区，
山边的小屋片片，
无头山一层层连绵，
座座高楼在庙山群林立。
昆明片片飞雪，
腾冲丝丝细雨。
东边是雄伟的高丽贡山脉，
头顶是蓝色的天，灰色的云，
还有那远山的彩虹。
柳杉，云南松，华山松，
真是人间的养生绿海。
在山地高尔夫球场散散步，
开发的山地尽收眼帘，

下草道是那么清新醉氧，
上山坡又是那样胸闷气喘。
配好医院，学校，商场，
还有酒店，咖啡街，热温泉，
这就是我们梦想的颐养天堂。
十五公里路灯广告，
雅居乐在造新盘声势，
广州人买别墅，
北京人、上海人买公寓。
农夫号子，茶马古道，
还有那北海湿地，
温泉，云雪，炊烟袅袅，
都成了雅居乐的软广告，
宁静优美，阳光热泉，
让心灵在原乡闪耀。

（二）北海湿地

北海湿地是那么沉静，
高山腹地的大湖又是那么美丽，
两个火山口，几十万年前的发力，
可怕的岩浆喷发堵塞地下水口，
形成了今天的自然大湿地。
山上葱葱郁绿，
天上白云翻滚，
片片彩霞像烈烈旌旗。

美国人设计的浮动栈桥，
让我们可以踩着漂浮的草甸，
向大湖的中心走去。
黄金色的草排，
人踩上去软软的沉不下去，
脚小心翼翼地踩踏着，
声音一声声尖叫着，
接着是欢声笑语。
鸢尾花，金凤花，云南翠雀，
一百五十九种百花争艳的植物，
形成万紫千红的大美。
九十一种珍稀鸟类，
黑鹳、金雕是那样的高贵。
娇小质朴的傈僳族姑娘，
撑着木船，对着山歌，
山歌大意是篝火，跳舞，
一起吃，一起喝。
唱歌的小姑娘说，
这里空气鲜，静极了，
每天同花鸟在一起，
每天多幸福！

（三）腾冲银杏村

腾冲陈家寨，
美丽的银杏村。

金贵的落叶乔木，
四月开黄花，
十月成白果，
像活化石一样扎根在植物王国。
贵州福泉的银杏，
已经顽强地活过了六千年。
春夏翠绿，深秋金黄，
气势雄伟，葱郁端庄，
遥溯古今，历尽沧桑，
长寿千年，目睹了人间苦乐的变迁，
文特优雅，怡情怡目，
是有顽强生命力的艺术雕像。
陈家寨是军屯的根，
传宗接代五百年，
东吴后代变成彩云民。
银杏象征着我们的华人，
她的生命力极强。
几千年来枝叶茂盛，
走过了民族之林的血雨洗礼，
沉淀了博大精深的中华文化，
几千年的深秋金黄，
几千年的白果吐香，
在风雨沧桑中不屈不挠，
在饱受凌辱后重新挺拔优雅。
银杏象征我们的华人，

也预示着中华民族的理想
　在深秋金黄时，
青皮厚实的白果，
硕大的伞形树冠华盖，
象征着我们的华夏儿女，
会越来越成熟，越来越发达。
银杏的种子，
会洒遍寰宇秀美的大地山川，
让千千万万金黄的银杏，
传播承载华人金色的梦想，
让大地都有华人的足迹，
让世界到处都是银杏的故乡。

2014 年 1 月

深圳惠州行

（一）又见小西湖

岭南名郡惠州府，又见那片小西湖，
座座青山一片水，可比西子美姑苏。
山水流连青风月，微澜碧水翡翠珠，
芦橘黄梅啖荔枝，淡妆赛过浓妆图。
云中山来湖中画，画中人衬岭南湖，
东江文化惠州情，源远流长比幸福。

（二）深圳新机场

深圳新机场，
那是“红鲱鱼*”飞的地方，
从天上俯视，
像四个翅膀的飞鱼一样，
白色透明的鱼身鱼翅，
吸引着准备做红鲱鱼的人。
那惊喜的目光。
机舱口，“红鲱鱼”们要出舱了，
等待它们的是，
漫长的机场通道，
足足有几公里长。
通道好艺术，
漂亮但漏雨时要摆 N 个铁桶装。
下飞机的人们，
个个手提行李，大步流星，
那速度像红鲱鱼一样。
即使走慢了，
也是大汗淋漓，龇牙咧嘴，
前面是看不到头的白墙。
走了四十分钟，
据说前面是停车场，
但要登上车门，
一定还要过一个大商场。

就是这样设计的，
因这里不姓人只姓商。
终于上了车，
脑中还在想：
深圳新机场，
为什么要设计成这样？
是为了培养竞走者？
还是为了贪大求洋？
是为了推陈出新？
还是故意扩大投资，
留足回扣的红糖？
这个预算与人民无关，
这种结果有人皆喜皆欢，
这个机场气势如虹，
这个机场让顾客吃苦受难。

注：*红鲱鱼，英语为 Red Herring。在资本市场中，亦称为准招股说明书，是美国证券交易委员会要求申请上市公司上报的文件。因首页的特别说明必须采用红色字体印刷，以引起投资者的注意，故称为“红鲱鱼”。

新年赋诗和冯仑先生

2014 年元旦，冯仑先生发来短信：又到岁尾，蛇去马来，一怀情绪，才下眉头，却上心头，凑一联送你，既辞旧，且迎新。

雾丛看花 霾里把剑
辞一岁 长一岁 总愿新桃赛旧符
云中探月 雨间索骥
去半程 来半程 却是退一换进二

和冯仑先生

风中张扬 雪里迷茫
今一梦 明一梦　祈福新年更旧岁
网上穿梭　云端复存
来无声 去无声　乃是千军迎万马

又到达沃斯

（一）在达沃斯寻机充电

从飞机上俯视，
灰白中有牙黄的云朵，
像镶在空中只只小羊的浮雕，
远方是万里彩虹，
透着粉色的霞光。
到了，久别的宽赛特机场，
久违了，青碧的日内瓦湖光。
白雪皑皑的达沃斯小镇，
我又张开翅膀飞来了，
那大湖，那雪山，那翠松，那雪乡，

那从天上飞下来的滑雪健将，
一幅幅阿尔卑斯山的壮美画面，
就像昨天刚刚看到一样。
那是2003年的春节，
我坐着红色的古式小火车，
咯吱咯吱地爬过山崖，
走过一个一个山巅的小站，
来到达沃斯小镇，
参加施瓦布创立的世界经济论坛。
就这样走着，
连续走了5年。
记得有一次是蹭着总理专机来的，
落地后只待了一天。
这么短暂的时间，
为什么还要这样地赶？
是企业家的激情，
要把握世界经济的脉搏判断。
这里是世界经济信息交流的平台，
在这里，可以同一千多个世界级
　企业家交流、见面，
在这里，可以聆听大国政要的远见。
2011年到2012年，
我没有来达沃斯论坛。
今天是2014年，
看着空中乌云翻滚的蓝天，

看着白雪晶莹的阿尔卑斯雪山，
我突然感到，
一根经济信息联结世界的线断了，
集中同世界级企业家交流的平台也中断。
过去在会上有几十个国家、企业向我们
　抛出商业的橄榄枝，
希望同首创业务洽谈，
过去在会上随时可同欧美总统、世界
　大佬们见面约谈。
现在约我们见面的机构少了，
有的约好了见面，
但会上又来电变换。
是呀！没有同世界“拳王”们的见面，
面对面的合作、较量何谈？
世界上没有不见对手的强者，
更没有免费的午餐。
达沃斯小镇，
企业家需要年年在这寻机充电。

（二）奥特莱斯村店

下山了，悄悄地，
离开了雪花飘飞的达沃斯小镇，
进入列支敦士登微型小国，
精彩斑斓的邮票，
我们一买就买了六年的。

进入音乐之乡奥地利，
过莱茵河谷波登湖畔，
德国的斯图加特，
就在我们眼前。
这里有英雄公司奔驰，
还有麦琴根名品购物村店。
百里雪乡的中部，
历史上是纺织车间，
HUGO BOSS 品牌，
就诞生在这茫茫雪原。
名牌厂商扎堆销售，
做成了今天的奥莱村店。
HUGO BOSS 的故乡，
让人尽享价格打折的品牌盛宴，
阿玛尼，巴利，普拉达，
大品牌撑着整个购物村的脸蛋，
美容，娱乐，儿童营，
又成了一个个家庭的乐园。
品牌工厂集中直销，
货源足，价格廉，地盘大，
构成了一个特殊的奥莱村店。

2014年2月

汕头好风光

（一）深汕高速素描

青青的小山，
片片大叶芭蕉，
垂涎欲滴的荔枝，
满山遍野的速生桉。
卷舒的白云，
蓝蓝的天，
晴空艳阳的大美，
多了块大亚湾上空的污染。
农民的新村，
都是新砖新瓦，
可盖出来是无序凌乱。
政府没有帮农民设计，
何谈最美小镇的概念！
二十一世纪中国乡村应该美丽起来，
市场配置不是万能，
农村建筑还需要政府扶助把关。
搞点农舍设计方案竞赛，
那能花几个小钱？
针对一顿饭一头牛，
一个屁股一座楼而言，

那设计费只值几十顿饭、几条烟……
值得赞美的是广东农村的水面，
群群白鹅划水，
叶叶打鱼的小船，
岸那边，飞驰着盘龙似的高铁，
岸这边，排排渔屋，缕缕炊烟。
现代化的高速路，高铁，核电，风电，
和粤南古朴的乡村交织在一起，
构成了南广东一幅优美的画卷。

（二）汕头考证

一千多年前，
这里是大海汪洋，
泥沙堆起了今天的潮汕侨乡。
明初这里还是一个小渔村，
还是一个浅海湾，
沙汕脊出，涛涌拍天，
万历三年几条沙脊才连成一片。
清政府建烟墩、筑炮台是在四百年前，
形成当时的华坞晴雪，一片盐田。
关帝庙，天后庙，集市摊，
吸引了大批商客造市抢滩，
嘉庆年成港埠闹市繁荣一片，
卖药材，贩米粮，开船坞，
百年前汕头已成规模的商埠，

受到了恩格斯的称赞。
当时的汕头埠已允许外国人做海运通商，
领事馆，大洋行，货码头，
还把教堂建，
商业一片繁荣景象。
电报，电话，电灯，发电都出现。
八十年前汕头达到鼎盛期，
汕头商业之盛，居全国第七位。
岁月悠悠几度沧桑巨变，
百年岁月中，
汕头出现无数奇才，异人，能工巧匠，
画出了潮汕名胜的画卷。
历史时针指到1980年，
小平画了沿海开放城市的大圈，
汕头从此驾起了开放的大船。
近代出过李嘉诚等巨商富贾，
千万汕头籍华侨全球商战，
仅京城就聚集了潮汕商人六十万，
潮汕人是中国的犹太人，
没有理由，
他们不比别人赚更多的钱。

（三）汕头陇田镇

汕头潮南陇田镇，排排祖屋下山虎，
潮汕民俗古风尽，官帽屋顶冲天脊。

户户大堂拜祖神，灰墙棕瓦避风亭，
岭南海角意境新，午餐用在四厅汇。
厅顶梁柱中国红，镶金漆画八面屏，
满院金橘衬青松，乡间一游耳目新。
潮汕文化传统深，前厅石雕战吕布，
左右厢房嵌瓷画，天井通透观天下。
擂鼓呐旗振民心，气势豪放潮汕人，
经商天下讲诚信，云游四海生意通。

（四）采摘园

汕头鸿峰杨桃园，晴空艳阳生果鲜，
颗颗杨桃绿透黄，大咬一口甘露甜。
你提筐来我采摘，好似天仙下了凡，
儿时幸福美梦境，今在南国已实现。
多想日日慢生活，收剑放马走南山，
人生苦旅一辈子，多缺杨桃一口甜。
黄绿晶莹遍山挂，才知潮汕有宝山。

写在特别的59岁生日

在我59岁的生日上，
为我祝福的三个女人，
比男人都刚烈、智慧、坚强！
她们都是老部下，

她们聚在一起，
什么大戏都能唱！
一面是温柔、浪漫，
温，良，恭，俭，让，
另一面是铁骨钢心，
捍卫首创，敢斗虎狼。
三个女人共同的特点：
虽有丝丝白发，
仍保持着美丽的从前；
心胸像海一样宽广，
都可以同我坦诚相待，诉说衷肠，
把心中的未来畅想。
号称学者的梁姑奶奶，
妙语连珠嗓门大，
根本不像教授的骨架，
敢冲敢打的后面是一颗善良的心，
诙谐幽默，
让我释然开怀；
纯洁的友情，
一个能说心语的知己。
送我馨香红玫瑰，
花梨手串表心意。
小齐跟我二十多年，
人未见，笑在前。
有难题，她周旋，

同我做基金，吃苦受磨难，
帮我拿批件，年年找钱为集团。
我的公关部长，
事业的资深红颜。
送我一件毛坎肩，
帮我防风暖心弦。
会说日本语的聂大姐。
绵里藏针，坚守原则，
雅致淡定，宁静得像一池碧水；
别人看她清高自傲，
她却笑中坚毅，不怕大佬硬嘴！
干坏事的怕她，
朋友喜她温柔淡然。
我的金星眼，
风雨中的挡箭牌。
生日送我一方碧玉，
让我永远纯洁剔透！
三个女人，三个挚友，
让我过了一个心跳的59岁生日！

元宵情人节

元宵情人节成双，笑语飞扬日餐厅，
丹丹小苏刘老师，还有温州小老乡。

细品鱼生吃烧烤，餐屋欢聚心暖房，
手卷寿司海鲜酪，日本清酒大吟酿。
鳕鱼鸡蛋长寿面，看着儿女情酣畅，
现代相伴浓乡愁，天伦之乐不能忘。
岁月如梭苦与乐，儿孙常伴爹和娘，
多想常常在一起，杯中清酒胜红糖。

送女儿去机场

爸妈送儿女去机场，
车厢内成了热闹的小学堂，
小苏要做幸福城镇方案，
老爸帮他完善美丽的构想，
幸福＋智慧＋生态＋数据服务平台，
用罗兰贝格的力量。
做好一个项目的魔方，
研究院系统要有权威性，
将来就是一个生意的模块房，
这只是咨询策划模型，
利益分配模式也要合理得当。
一切都做成可复制，
幸福城镇成为人人向往的地方。

2014 年 3 月

海南钻石湾海岸

（一）我也想去打太极

在钻石湾海上栈桥望去，
前面是波涛万里，
沙滩的平台上，
一对中年夫妇在打太极。
一招招一式式，
像银蛇漫舞，
展彩蝶美丽，
调节阴阳平衡，
锻炼渐老的身体。
动中有静，
他们在思考着成功的过去，
静中养气，
他们在酝酿着未来的美丽。
蹲弓步，展云手，
神针探海去，
还有那白鹤亮翅，
静飞在蓝天的银梦里。
越练神智越清，
越练体能越奇，
蓝天白云，大海无垠，
我也想去打太极。

（二）人生终点归自然

刚刚清晨六点，
我已坐在泳池的石凳边，
大口吸着甜甜的空气，
想着那奋斗的四十三年。
戎马生涯，工厂年代，
大学春夏，政府官员，
接着是创业的十八年。
人生的苦旅，奋斗的坎坷，
一幕幕，就像是在刚过去的昨天。
多少功名利禄，多少幸福苦难，
多少荣华光环，多少马蹄锁链，
多少激情拼搏，多少岁月甘甜。
争什么？图什么？
还那样流连忘返？
躺在沙滩椅上，
看着蓝色的大海，
挺拔的椰子树，盆养的红杜鹃，
清脆的鸟语，淡淡的花香，
我从醉氧中醒来，
我懂了，人生的终点是回归自然。

法国巴黎

（一）诺曼底古镇

离开巴黎，飞奔了二百多公里，
越草原，穿农庄小镇，
过诺曼底大桥，
走近象鼻山。
大海久侵蚀，长鼻伸海边，
白垩纪时代形成，远古亿万年。
大诺曼底地区，
白鹅卵石华贵的海岸线。
古小镇是十世纪的，
灰顶黄墙，石砖步道，
一千多人口的小镇，
祖祖辈辈在这里生息繁衍。
面对又绿又蓝的大西洋，
白浪滔天，金色的阳光洒满，
最宽的英吉利海峡，
根本看不见对岸。
极目远眺，海天一线。
小象山上的圣母教堂，
守护着出海打鱼男人们的危安。
海鸥在天空飞着，

就像无人驾驶的飞机在空中盘旋。
这里曾是海盗出没，
盟军六千多艘船赌命登陆，
在这里上岸打胜了“二战”。
孩子，你一定要珍惜和平，
因为这和平是用血和命赌换。

（二）雷恩，圣马洛和霍力克

小小的雷恩城，
却是法国西部大区的首府，
到 1492 年都独立于法国之外。
那时的古城，
为抵御英国人的入侵，
可以居住两万人。
亲英的女郡主，
屈服法国的兵临城下，
同法国国王搞了政治联姻，
生了 7 个孩子，都死了，
第二次婚姻也没孩子，
这样雷恩就找不出
　法方合法的继承人。
雷恩在市中心有个议会大楼，
是凡尔赛宫设计师设计，
现在是大学城，
每年六万学生。

圣马洛古城，
是一群爱尔兰修道士建成，
许多人都做海盐生意。
中世纪这个城市富有极了，
有一年买了法国一半的债券。
古城中古时代住过许多海盗，
他们出海抢英国人的船，
爆炸英国人的战舰。
由于潮汐大，
被烧后英军成为跳舞的猫。
1700 年左右，
法政府还任命海盗打英国人，
得到利益可以和皇室均沾。
有个法国航海家，
率一百人竟打败了五百人的英国战舰，
杀了英船上的首脑，
引起英国人上岛来打法国人，
但始终没打过来。
现在可以过来了，
但要以旅游者身份，
价格要高两倍，
法国人在开玩笑说。
霍力克是个有活力的老头，
在海边有两个可做海水浴疗养的酒店，
Spa，美体，水柱按摩，静养水疗，

还有一片从酒店无需穿马路
　就可到的私家海滩。
古堡，大海，青松，别墅，
白鸥，小船，阳光，蓝天，
人们追求健康的心理，
美味的大西洋海鲜，
构成了海滨小城极美的风光，
像挂在墙上一幅油画一样。
集团有七个度假酒店，
有四个在法国，
十个在海外的温泉水疗浴场，
一个二十七洞的高尔夫球场，
更代表了霍力克集团的绿色，阳光。
在法国西北部，
这是一片家族商人的乐土，
有个一杆高球可以击到英国的美丽地方。
全面的水疗设施，
海蓝色的服务，
金色的管理，
完全可以向世界输出这种享受和美丽。

（三）让人失望的法国迪士尼

出巴黎急行一百多公里，
来到名头很大的法国迪士尼。
八十一欧元的门票，

已经快把我吓回去，
两个园区全靠双腿来奔波，
没有小火车只能先走进小园中去。
据说那有最先进的4D，
看了才知道，
我又白交了学费，
兜了一次风。
破旧的高空坠体，
过山车滑摆在低低的空中，
旋转的小飞船，
老式的小电瓶车，
老掉牙的卡通铅笔画电影，
还坐着几个学画卡通画的儿童。
再去二期新园看看，
也许能玩玩二期项目的高水平。
为看卡通彩车，
在马路牙上干等了二十多分钟，
破旧的彩车，
那些故事中的扮演人，
个个面无表情，
过山车要等四十分钟，
洞道打激光枪，
又是那样小儿科式的水平。
接着就是旋转木马，
老掉牙的尖顶皇宫，

花那么多钱，
玩这样的迪士尼项目，
心里别提有多么扫兴。
只有出大门前的商品街，
是那么善于经营，
只要能卖出商品，
就要想尽办法把你兜中的钱掏干净！

（四）走进蒙彼利埃城

蒙彼利埃城，
这是地中海边的一座小城，
距尼斯、北非、巴塞罗那近，
有着快速便利的交通。
气候好，风和日丽，
可称为法国南部的一个阳光城。
这又是一个智慧城市，
计划十五年建成。
交通，能源，水灾管理，
手机看停车场空位，
把十几个小城都连通。
这还是个医学城，法学城。
1217 年在欧洲最早建成，
三个大学，五个工程学院，
竟有八万学生。
新住宅好卖三千欧元一平米，

新小区大，路边是福利房，
政府都很善于调控，
旅游学校，孵化器大楼，
高环保标准，
新城区规划有现代的功能。
新城是老城 4 ~5 倍，
外国人也搞造城运动。
小楼，老市长让吉普赛人定居，
政府盖，讲人性。
十大伟人广场，
有甘地，梅厄夫人，纳赛尔，曼德拉，
还有伟大领袖毛泽东。
建成时争议大，
这是历史的一页，
让时间评论老市长的过过功功。

2014 年 4 月

告别挚友刘国华

才看挚友国华，生死离别一刹，
三十岁月如梭，蓦然天崩地塌。
早年初见国华，蓄胡眼镜长发，
别看其貌不扬，谈笑风生潇洒。
哪像编辑学人？倒像流氓村霸！

苦旅游戏人生，乐走自由年华。
审我稿件调侃，起誓下海我家，
五环挣钱挨骗，酒后浪迹天涯。
赢钱输钱梦游，吃遍九流千家，
自由自在自乐，坎坷冷看天下。
一代厌世才子，醉后满目金霞，
才告国华挺住，忽闻挚友崩驾。
老友相聚追思，思捷音容尤嘉，
行行清泪沾巾，他乡四海为家。

钓鱼台

——最美的皇家园林

清明节我漫步在钓鱼台，
美花，美树，美湖，
小景，小山，小亭，
一幅优美的油画，
一个古中有今的皇家园林。
芳菲的湖上，
有美丽的印月三潭，
庐山的三叠瀑布，
银杏的大树参天，
红、黄相间的郁金花香，
粉红的桃花片片，

碧绿的青松翠柏，
久违的白云蓝天，
华贵的黑色天鹅，
喜鹊的轻歌礼赞，
新中国，
更会打造高雅的现代林园。
曾几何时，
“文革”这里曾大兴土木，
权贵在这里也有自己的家园，
人民与这里无故无缘，
他们忘记了李自成、牛金星，
故宫倒是无人据占。
如今，
元首们在这里邦交问盏。
英国的唐宁街一号，
美国的小白宫，
都代表着世界的财富和集权，
但那气势，那园林，
怎比中国皇家园林气宇非凡。

初看江阳

古城小江阳，
建自大汉唐，

两千多年的风雨，
引起我无限的遐想。
汉朝的边陲发达在大唐，
曾是三十三个商贸中心之一，
繁荣着两江交汇的长江、沱江。
现代江阳，发展的真棒！
气派的 CBD，
体育场有大体量，
四个三甲医院，
五个大学学堂，
每走十五分钟就有一个小公园，
人民喜爱，
我们的眼睛发亮。
产业是天长地酒*，新生事物，
一百五十万平方米的西南商贸城，
要雄霸四千万人的大市场。
桂圆，棕树，小香樟，
杨贵妃的荔枝，
透着小城的芳香。
画流民图的蒋兆和，
生他养他的也是江阳；
军阀杨森曾在山上种满香樟，
在绿化上，人性是一样。
热夏，雨多，
也把江阳人的性格培养，

码头文化、酒文化，
性格都像袍哥一样要强。
红军三渡赤水，
川南行署曾写历史篇章。
四千亩张坝桂圆林，
颗颗荔枝映美人民的脸颊，
酒交易中心，中国酒谷，
醉美江阳，
这点点滴滴，
都像一幅油画印在我的心上。

注：＊江阳位于四川盆地南部，是中外闻名的“泸州老窖特曲”发源地，有“酒城”美誉。

2014 年 5 月

青城山普照寺

走出大平原，问道青城山，
探迹治江奇，拜水都江堰。
神灵普照寺，女众主持先，
果证依命走，超度二十年。

客堂盘腿坐，主持话当年，
孔雀巧引路，静文蒙进山。
从此做居士，梦恋青城山，
两教和谐处，佛道相依伴。

康熙始建寺，信众诚赠捐，
零八大地震，果证有先见。
率众过节去，二十分钟前，
村民赞先知，巧合酿谜团。

先拜藏经阁，千手观音缘，
东西阴阳池，色差源龙眼，
东边四合屋，弟子求学院，
打坐沉思过，静动两重天。

松柏连山翠，千年金丝楠，
悔过点天灯，法式佛旗翻。
诸恶永不做，大爱艳阳天，
常来拜一拜，心中驻善缘。

五粮液“酒奶奶”* 赞

品酒大师酒奶奶，陈林是其真实名，
五粮灵魂总工师，国宝级别品酒师。
八十年代包装工，三十春秋壮志酬，
有梦年代好奇心，天资聪慧美舌尖。
师从圣手学调酒，苦学荣登第二名，
探花信步超榜眼，从此技高品酒红。
当年酒厂还很穷，只有四百酿酒工，
如今五万酒神兵，女中豪杰美英雄！

为品好酒不化妆，远离人间五味香，
素面保护鼻和舌，只为荣誉酿琼浆！
闻酒浓纯鉴香正，丝丝入口品回香，
百种名酒擂台摆，品后评出前八强。
喝遍五湖饮四海，日品白酒两百箱，
熟知勾兑酒品质，个人价值亿元上。
一杯纯清玉浆液，上下承载五千年，
淡雅一笑谢重金，养她育她是五粮。
企业保护“大熊猫”，曾配悍马和洋房，
人才岂能不估值，品酒女神扬四方！

注：＊“酒奶奶”是五粮液集团品酒大师陈林的尊称。中国品酒大师中唯有陈林是巾帼。

考察奥克兰垃圾场站和公司总部

（一）新西兰的毛利人

在海上飞了十多小时，
红着眼下了飞机。
奥克兰还是那个小机场，
实用，又那么美丽。
人们都还睡着，
城里静得能听到人们的喘息。
荷兰人塔斯曼 1642 年，
发现了这个美丽的大岛，

几个上岸的水兵竟被毛利人吃掉。
绕岛四圈没能上岛，
海鹰只留下了片片遗憾的羽毛。
1769 年英国航海家 Coke，
率领毛利同族有备而来，
用二十六万新币换了二十六万公里毛利人土地。
毛利人没文化，
同英国人签了受骗的合同，
由此也种下了仇恨的火种。
1840 年英军 Coke 上岸，
1865 年就打响了毛利战争，
从英国调动三千精兵，
差点把毛利人杀尽荡平。
国土比英国大点，比日本小点，
与大陆分离了五千万年，
英国人只用了二十年，
就插上了日不落帝国的红缨。

（二）安全是我们的责任

你们的安全就是我们的责任，
管理团队这样讲，
听完这句话我的眼睛一亮，
路滑，交通堵，
沼气每小时七至八千立方米，
不能抽烟，不能拍照片，

这些都是事故源。
我们收购的公司，
有六十六个设施，1300 人员，
CEO 下辖六个部门，
另十一个部门归 CFO 管。
安全，为客户服务至上，
专业团队，技术精益，
四十四年的品牌，
良性的优质资产。
渗透液蒸发处理技术，
沼气收集发电，
优化结构，用新技术，
客户服务信息，
业务整合不断，
收入 3.94 亿新元。
奥克兰场站是核心，
收入占 22%，
利润占了一半。
开拓分项回收，
不断完整产业链。
惠灵顿填埋场在政府手中，
效益就减了一半。
下午是各部门的汇报，
战略、人事与业务发展，
我们一口气听完，

两个三明治充饥，
更重要的是信息大餐。
压缩层级，去非核心业务，
增加互联网销售服务，
抓安全，抓发展。
一个好团队，
专业，敬业，心中有长远。

（三）风城惠灵顿

惠灵顿，一个风城，
飞机降落先盘旋三圈，
考验着每个飞行员，
十条地震带，
极美的大海湾，
南半球的天然良港。
山上万幢红顶白墙的别墅，
同碧海、蓝天、白云交相辉映。
东方湾，富人区，
两百万一套公寓，
山上有六百个要保护的老房。
兰顿码头商业中心，
比奥克兰更洋气，
五千万年前的树种，
在人类历史长河中慢慢地生长，
1876 年已开始了环保，

不准砍古树了，
人类都要保护自己的家乡。
到哈德市大使官邸吃午餐，
官邸三千平米，购买只花了六百万人民币，
大草坪上还有私家的网球场，
1839 年英国人到维多利亚山定居，
要通过新西兰公司买地，
漂洋过海，背井离乡。
维多利亚山上，
南极纪念塔指向正南方，
十二国南极条约，
约定共同开发的理想。
八大咖啡之都，
不产咖啡，
却在烘制技术上下功夫改良，
惠灵顿谈咖啡，
奥克兰谈房子，
基督城谈男一中，
一城一地关心的都不一样。
沉睡的土地下，
无数的矿藏，
不让开发，留给后代，
资源大国尽量往远了去想。
新西兰原本没有哺乳动物，
一千年前才来了毛利人、狗，

是英国人把各种动物，
搬到了新的家乡。
南半球一亿六千万年前板块分裂，
五千万年前新澳分开，
只有蝙蝠一种动物，
从澳洲过海漂洋。

（四）纪念公园看海

丝丝细雨，
看海到纪念公园，
草那绿，海那蓝，空气那鲜。
四百年前，托尼岛还低于海面，
商人港是富人区，
两百万的房子真贵，
贵的是半山和蓝海湾，
贵的是富人扎堆的黄金地段。
五公里外是CBD的灯火，
待会儿，那里有汤姆为我们准备的晚宴，
他们曾走过辛勤创业的过去，
我们将一同走过首创国际化的明天。

（五）刀牙山

基都城的刀牙山，俯视全城望天边，
英式小城花园簇，蓝绿红黄彩虹艳。
海湾碧湖水相连，水天一色小白帆，

家家农舍炊烟起，人间大美恨见晚。
松林绿草彩叠峰，彩虹下面七彩山，
蓝海天边云飞渡，最美当数半球南。
湖面如镜残阳血，赤道更有美江山。

（六）我心中的 Valley 垃圾公园

远山上云卷云舒，
艳阳蓝天，艳阳红，
白云白，蓝天湛。
前边是美丽的太平洋，
那山就叫海景山，
毛利人起的名，
形象而简单。
这哪里像垃圾填埋场，
倒像一个山野公园，
没有一点异味，
空气是那么甜，
防渗处理过的垃圾山体，
一辆辆集装箱垃圾车急驰鱼贯，
已填埋了二百四十万吨垃圾。
沼气处理站，巨型推土机，
安全运营管理，
时时环境系统，
风速，温度，渗透液监控，
都在电脑屏幕上，

随时发到手机中。
除臭的喷雾管，
大型停机坪，
寻找防渗地形石底，
STP 材料加防渗布，
再加保护层和半米石子层，
世界一流的填埋场，
真像垃圾的圣殿。

（七）利特尔顿港湾

利特尔顿港湾，太平洋海那蓝，
青天云卷云舒，山峰横卧连绵。
山上黄绿碧翠，静湖翡翠玉盘，
座座小屋熟睡，天边点点白帆。
人生岁月如梭，沧海远古亿年，
真想融入毛利，太平洋岛种田。
男耕女织度日，梦归世外桃源。

（八）悉尼歌剧院

Yuke 日式好餐厅，悉尼海湾一美景，
右边金融大厦立，六座公寓障海屏。
当年国会争议大，悉尼贝壳怨无声，
本是歌剧天音地，金钱铜臭毁英雄。
应是艺术圣贤地，剧院圣地泪无声，
还是货币神威大，不把文化放盘中。

五只银壳歌剧院，月照银河耀群星，
滔滔大海琴声致，梦在五洲织彩虹。
悉尼天音震世界，千亿收益自其中。

香港行

（一）画展

刚才还在港中环，
进行发债下单的谈判，
乘悲鸿骏马腾云驾雾，
又飞到禧悦都豪宅的艺术殿堂前。
陆俨少的罗浮山建设图，
是上世纪六十年代最美作品的闪现。
这张大尺寸的时代绝笔，
价值已超亿元。
三峡之水天上来，
是画李白醉酒的江山。
徐悲鸿的双马图，
是当年的处女展。
张大千写意泼墨画，
中西合璧，绿中泼蓝。
五百年王者，
清峰碧水白舟的元清世外桃源，
齐白石的官升三级图，

小鸡、大鸡、花鸡冠，
王雪涛的花鹅小写意，
鹅暖花红瓜果甜。
于飞闇的一品红，
一叶竟画了四十遍。
悲鸿喜鹊，碧竹大鸡图，
寓意那深，
手法那洗练。
陈佩秋属海派代表，
雪景，春夏秋美冬寒。
禧悦都是凝固的音乐，
艺术精品是人类精神结下的钻石王冠。
豪宅和艺术，
画家和商人，
一个物质绝品，
一个精神彩环，
都是在为人类雕刻，
雕刻晶莹剔透的翡翠玉盘。
文化是一个民族的灵魂，
美宅是人类都想追求的私产，
孜孜不倦的艺术求索，
一分一厘的商业征战，
不就是为了人类的精神梦想，
不就是为了人类追求的可传宗接代的财产权。

（二）香港维多利亚海湾

维多利亚海湾，
雨后又是那样的蓝，
没有乌云，
只有白云翻卷。
九龙文化中心，
施工是那样缓慢，
劳工不足，
但大陆劳工进来很难，
懒做排外，
香港人民可能会变的腰软。
海逸酒店旁是奇贵的海明轩，
从红磡到黄浦花园，
李超人占了多少地盘？
七十万元一平米，
大陆人真敢出血出钱？
过去是那么穷，
风水真是轮流转。
避风塘是静海湾，
停泊的都是走累了的船，
老机场早就没有了，
但海上却永远会飘着回家的风帆。

（三）中环

从海面上远眺，
是高楼林立纸醉金迷的中环，
左边是人头攒动的铜锣湾，
中间是湾仔的君悦酒店，
右边是寸土寸金的中环，
资本的故事永远也说不完。
上环破旧了，新起在中环，
盈科数码城，
实际是披着高科技皮的房地产！
哪里都有狸猫换太子，
哪里都有美丽的欺骗！

2014 年 5 月

欧洲考察

（一）又到慕尼黑

又到慕尼黑，
别梦依稀十五年。
小机场大空间，
节俭实用又领先。
四千米双跑道，
地铁运营到午夜一点，

设计为百姓，
公交网络纵横相连。
从机上俯瞰翡翠田园，
勃登湖边别墅万绿丛间。
巴伐利亚王国的首府，
铁血宰相俾斯麦统一的前沿。
三百多个小王国组成七个大区，
连同三个大主教区，
共同把国王公选。
慕尼黑是公园城市，
伊萨尔河河水清清，
到处是绿树鲜花公园，
岸边裸体晒太阳，
可谓现代版的伊甸园。
慕尼黑王宫，
维克尔斯巴家族的圣殿，
八百年的世袭统治，
金色拱形大厅光芒耀眼，
几百个雕像、油画，
彰显了大富大贵的光环。
圆顶的巴洛克教堂，
市政厅屋顶尖尖，
象征着皇权、教权，
教会是束缚精神的金链。
广场的咖啡座，

德国本土的品牌店，
书写着日耳曼人的严谨精神，
也透着刻板民族的浪漫。

（二）走进斯图加特

走进斯图加特，
去探访史太白中心，
这是欧洲最繁忙的高速路，
一辆接一辆的集装箱车，
经济的快速运转在车鸣中诉说。
渥尔姆，小城镇，
一百六十一米世界最高的教堂，
尖顶教堂，表示权力集中的主张，
议会大厦是希腊式圆顶建筑，
象征着民主的理想。
这个小城镇可不小，
是培养飞行员的地方。
斯图加特，六十多万人，
经济比慕尼黑发展快而强。
奔驰，保时捷，博世都产生在这里，
这里原是种马配种的地方，
都是行路，
早就有做汽车的基础和理想。
大诗人席勒，哲学家黑格尔，
这山谷也是他们的故乡，

这里又是世界第一个发明汽车的故乡。
奥迪四个环，代表四个公司的重组，
奔驰，是农民的车，
梅赛德斯奔驰车，
车名来自一个订户女儿的名字和发明人，
是奔驰车救了他们，
走出苦海，看到新生活、新希望。
这个伟大的品牌，
从此在全球唱响！

（三）摩泽尔河谷

朝着摩泽尔河走去，
那是莱茵河的分支，
去莱茵州，
去找德意志之角的光环。
先看了一个二线机场，
飞机跑道上开汽车，真爽。
成本低的航空公司，
都想在这种远线机场中闯荡。
德国最好的酒是白葡萄酒，
纬度高，气候凉，
酿出的酒更纯、更香，
雷司令酒也早已卖到中国内地边关。
本卡斯特小镇，风景美，
人口只有七千。

上百万的游客，
构成了小城观光的绿紫青蓝，
远足，高尔夫，划龙船，
是那么青春，那样休闲。
丘陵草原，小镇依河而建，
绿树草毯，风能发电，
小村富足，地皮收钱。
一眼望去，小山草原相连，
碧海起伏，天空湛蓝，
摩泽河，青青溪地，曲折蜿蜒，
河上修座桥，审批了四十年。
向阳坡上葡萄园，
古罗马人两千年前的实践。
株株葡根爬山上，
十四道工作程序每一年。
河边空气鲜，
森林中的空气甜。
白墙灰瓦的小房缕缕炊烟，
小城镇已建七百年。
一百年前，两镇合一，
板岩墙，石料板，
英帝陀式，德式，
大教堂，小别墅，修道院，
VOLVO，食品，制药，
隐形的工业状元。

特利尔古城，马克思出生地，
每年来的中国游客有上万。
投资的好地方，
只有一个五星酒店在建，
长远有价值，投资看久远。
漫步走进小镇，
古典而富有的老街、小店，
三百年不变，
这就是文化，
这就是城市价值的光环。

（四）三进夏斗湖

今天又走进了夏斗湖，
我换上藏蓝色西服，
打上紫色的领带，
心情特别的高兴。
今天要带着二十多个企业家，
去考察首创投资的夏斗湖。
那是三年前的一次机会，
国开行给我们介绍了这个小城，
她地处巴黎的南部，
有发达的铁路，
有 A20 高速，
六减六免的税收政策，
一万亩永久土地权的诱惑，

善良的当地居民，
政府诚恳地渴求来自中国的投资大户。
市长投资七通一平，
还半送我们一千套士兵公寓的军营。
这里曾是北约的军事基地，
也是法国师团的军营，
在一天早上，
军人们悄悄地走了，
这几乎成为半个空城。
没有人就没有市，
没有市又何谈城？
可飞380的机场一年仅有几万吨的吞吐量，
一座别墅的价格，
还买不了巴黎的一个厕所。
首创来了，
投资一个吸收投资的中法经贸区，
要带来成百上千的投资者，
把这座小城唤醒、激活。
中国企业富足了，
有钱、有市场，
但没有技术王国，
把中国、欧洲的企业都引进来，
让他们做个完美的结合，
中国资金、市场，
加上欧洲的技术，

真敢对抗一下伟大的美国。
今天的企业团中，
有张爷、刘爷这样的大哥，
有杨总、卫总这样的年青商人，
还有赵三、李四那样新一拨的八零后。
夏斗湖不仅是个项目，
她是中华民族这代企业家，
用心和血浇铸的全球化的结果。
中国人早已不是东亚病夫，
在世界舞台的中心，
有了无比刚劲的中国字，
我们！我！

2014 年 6 月

阿拉善十周年论坛

论坛会上，真想流泪，三百会员，激情参会。
五个会长，都是汉子，个性张扬，充满睿智。
口无边界，无怨无悔，见证十年，争吵辩论。
十年创业，十年缘分，人人有责，贡献智慧，
留住蓝天，保护碧水，激情澎湃，思想放飞。
终生奋斗，呵护人类。

又进台湾

（一）桃园机场

飞去台湾，向下俯瞰，农田翠绿，小房旧乱。
文化一脉，不会修边，海洋气候，多是阴天。
车到临口，长庚医院，汽车不少，摩托一片。
医学大楼，地铁相连，挂号服务，秩序井然。
外来之客，治病心安，专家问诊，助理协检。
跑上跑下，服务周全，没有红包，回扣免谈。

（二）万通台北 2011

阳明山上建豪宅，南面观山西看海，
双子楼坐山顶间，贝老绝作白云间。
那边彩霞当空舞，这边尽赏观音山，
景观极致望淡水，独享阳明山海天。
窗外绿茵高尔夫，一杆打到小岛间，
格林马术练英雄，温泉码头会红颜。
淡淡海水慢生活，七彩老街忆当年，
台北万通有杰作，刚柔并济飞蝶旋，
汤泉养生樱花谷，绝地孤品立台湾。

（三）基隆庙口夜市

基隆庙口夜市闹，炉火灯火霓虹跳，
雨中叫卖炒菜声，人肩伞间蹚铁勺。
成千小车一字排，千种小吃异常香，
炒粉炒面卤肉饭，猪红大肠油豆泡。
果汁豆浆甜刨冰，海味冰啤泡沫高，
吃完这碟吃那桌，肚圆胃饱好逍遥。
台湾小吃多丰富，老兵家乡美食淘。

（四）圆山大饭店

又见圆山大饭店，松柏青翠衬红颜，
古典牌坊巧对仗，气势豪放比天安。
朱红建筑开盘古，飞檐红墙震江南，
蒋公厚爱美龄君，圆山独秀美台湾。
五二先盖北小楼，主殿落成在七三，
红顶琉璃金碧飞，雄伟挺拔绿青山。
两岸儿女多奇志，巍巍中华五千年。

（五）九份老街*

九份黄金山城老街，历史金矿凋零落幕，
人民打造黄金山城，琳琅满目小吃千种。
蛇形小道商品新颖，人挤人肩叫卖喊声，
玩具手包招财小猫，精美饰品金银闪耀。
芋头蛋黄鱼圆刨冰，贡丸荷叶梅子饮汁，

这种小街多有风情，再建一条移到北京。

注：*九份老街是台湾新北市著名旅游观光地，早在清朝光绪年间以产金著名。

（六）涪纳号

登上涪纳号，驶出碧沙港，
迎着骄阳去，走向太平洋。
这边基隆屿，那边钓鱼岛，
大清战事间，中法曾开战。
军士成冤魂，孤石祭血年，
山顶铁炮台，海门铸天险。
陆有台湾客，海有大浪湾，
未见郑成功，抗敌赛台南。
基隆是雨都，将有刘名传，
打过红毛子，修路铺电缆。
虽也必作古，流芳三百年，
海水永碧绿，宝岛振宇寰。

他　们

——写给与我一起打拼的首创中层干部

他们，
和我一同奉献激情燃烧的年华，
和我一同走过苦乐从前，

和我一同期待美丽的明天。
他们，
和我一同下海出山，
和我创业吃苦，
和我经历磨难。
他们，
像雄鹰一样寻找机会，
像猛虎一样看家守摊，
像苍狼一样奋勇直前！
他们，
把首创战旗插遍祖国的大河山川，
把首创的品牌向全球宣传！
他们，
是我的战友、部下，
又是我的亲朋、兄妹、挚友。
我的智慧中有他们的思维，
我的血液中有他们的养分。
失意时，他们抚平我的疼痛，
成功时，他们没有虚捧我，
生病时，他们为我难受，
顺利时，他们又是那样的高兴。
我们相互支持、相互理解和包容，
虽已两鬓微白、青春不再，
我们心和心永远在一起，
飞翔在那纯净的星空。

武夷山

（一）初到武夷

武夷山上寻自然，一路香茶一路山，
秀美丹峰云飞渡，伴我日日艳阳天。
闽北民居马头墙，白鹅戏水稻米田，
村村都有清溪绕，炊烟袅袅续千年。
世世代代山中生，祖祖辈辈都是仙，
也有行行斑竹泪，山崖绝壁挂悬棺。
更有婚嫁子百日，代代生灵续青烟。

（二）九曲溪

九曲溪边乘竹滑，小小竹排江上游，
两岸青翠知了叫，抬头望去青蛙石。
右手一指布达拉，左手一指是元宝，
清澈溪水九曲过，一行白鹭跃山河。
八曲头上看象鼻，双乳石峰哺自然，
泼墨岩上无墨泼，青石壁上画江南。
大藏峰上悬棺挂，石洞藏有大藏经，
婀娜多姿美少女，亭亭玉立少女峰。
峰背点点小人类，就像蚂蚁爬天游，
亚洲第一青石壁，闽北武夷美景观。
千古青山万古云，人灭烟消一浪间，

只争朝夕多壮志，学会樵夫过险滩。
飞翠流霞卧龙谷，人生不过一百年，
立在竹排激流过，岸上彩笔画江山。

（三）武夷自然保护圈

武夷保护圈，闽江支流源，
头顶盖绿林，脚踩溪中岩。
抬头丹峰翠，醉氧空气甜，
低头虎啸岩，壮美十八弯。
清凉冷泉瀑，百尺针叶松，
空谷流霞醉，贵木红豆杉。
千种风情树，万朵野黄花，
狮牛石雕像，和谐处自然。
只有新人类，逐利毁自然，
庆幸小武夷，真情在人间。
保护清溪水，净守美石山，
万古青山翠，闽北贵江南。

（四）武夷山素描

闽北武夷山，不高却柔险，
直奔天游峰，送我艳阳天。
彭祖传箭斧，杀虎驱烈兽，
辟开九曲湾，武夷美人间。
蛇国鸟天堂，昆虫大乐园，
愿乘长风来，丹霞美地貌。

托马斯火车，先过溪重阳，
满山老岩茶，又叫大红袍。
望眼九曲溪，再望玉女峰，
杉木连成翠，高耸双乳峰。
朱熹女挚友，山顶洞中人，
云窝是云家，巍巍天游峰。

（五）亚洲第一石山

亚洲第一石，雄鹰展翅峰，
尖尖接笋山，朦胧隐屏峰。
仙人居茶洞，两晋开茶园，
千载儒释道，万古山水茶。
碧水仙浴潭，仙女赛玉环，
偷窃龟变石，千古万人踩。
志攀天游峰，八四八石台，
一步一身汗，一步一重天。

（六）随想

玉水叠瀑布，绿溪翡翠湾，
天游望双乳，男人怎评价？
头上飘白云，脚下绿青山，
朱熹大理家，南宋八百年。
弟子遍华夏，汗水湿衣襟，
梦想小船划，这边是竹海。
那边满香樟，粉红山茶花，

枝枝红杜鹃，潺潺溪流水。
稀稀知了声，曲径通幽处，
朱熹礼学院，那时无铜臭。
诗文满溪山，中华山河秀，
颠簸吟诗句，女儿记心篇。

（七）无题

桂林山水甲天下，不如武夷一小丘，
文圣沫若如是说，桂林人民众声哗。
同是祖国山河好，何需就此论高低，
古牧长者一句话，广西碧空现彩霞。

2014 年 7 月

写给老伴生日

长富宫中，
看着窗外鲜花美景，
想着你和我共同走过的三十五个春秋。
大学一年级，
我是班长，你是团书记，
我们一同工作，一同学习，
你敬重我，我喜欢你，
但只是同学的友谊。
一次北戴河的穷旅游，

让我心中开始有了你。
我们一同走海捉蛎，
我们一同写诗喝鲜啤，
我们一同畅想未来，
我们一同谈我们自己，
我们一同看书学习，
我们一同亮出心底。
你做的沙拉我说好吃，
你生病了我又是那样的着急，
你回老家江西，
我写了二十多封情书给你，
多美的初恋，多深的爱意。
多少甜甜的记忆。
你，相携着我，呵护着我，
伴我走过跌宕起伏的过去！
你时时站在我后面，
抚平我成功中的悲凉和失意，
你，抚我之心，给我时时温暖，
帮我抵御冬天的冰霜；
你，给我欢乐，越海翻山，
不惧艰难始终把我装在心里。
我们一起吃尽了多少苦，
我们一起品尝了多少甜！
你，将伴我的一生一世，
一同走向黄昏，一同四方云游，
一同安度晚年，一同幸福百年。

小兴安岭

（一）向伊春

从飞机上俯看哈尔滨，
长白山发源的松花江一泻千里，
流向黑龙江向大海奔腾而去。
走高速，奔伊春，
先在双丰林场吃饭，
狍子肉、野山猪，
怪怪的老头鱼，
蓝梅酒一杯杯红在脸上醉在心里。
伊春人，溯史追根是金人，
二十三个民族最大的是鄂伦春。
渔猎，森林，农耕文化，
1902 年嘉荫发现鸭嘴恐龙，
被老毛子把化石运到圣彼得堡展览馆里，
这是宇宙最后生存的神州第一龙。
六千五百万年前还没有人类，
但那时遍地是突然灭绝的恐龙。
1937 年日本人把伊春的森林占领，
从那时开始建设小城。
小白，木增，都是以日本人命名，
中国人苦难的长夜里，

最痛恨的还是那日本兵。
鄂伦春人集中在乌拉嘎镇，
最早的采金人，
是那闯关东的男子汉；
林业三师的垦荒军，
苏联援建项目的大学生，
知青连中那些年轻人，
肯吃苦的林业伐木工。
开放的文化，
造就了伊春人的胸怀，
伊春这棵红松，
曾经有过富有的年轮，
减少砍伐，封山育林，
天保工程逼迫伊春转型，
伊春因林而盛而衰，
浩瀚林海要走出生态新产业的精彩。
矿产资源的金玉满堂，
森林食品中的红松蓝莓黄豆，
还有人参鹿茸灵芝草；
大森林的旅游王国，
春赏花，漫山遍野红杜鹃，
夏避暑，乐享凉爽空气鲜，
秋天又是万山红遍，
冬日白雪皑皑，素裹银山，
伊春为伊人，红松伟丈夫，

东北林海中的一轮朝阳，
真是令人向往。

（二）小兴安岭

美丽的小兴安岭，
没有雾霾，
甜甜的空气，
可以看到满天的银星。
七百多条河流经过秀美的伊春，
白桦林，樟子松，
小湖中的湿气热腾腾。
溪水公园，
国家的森林公园，
一百六十多种树木，
像海洋一样的红松林，
遗五百年的年轮，
伟丈夫的生命基因，
人类一代代的繁衍生息，
寿命加起来还不如几棵伟岸的红松。
山丁子，臭李子，黑桦树，
这里是树的王国，
那片郁郁，
这片葱葱。

（三）爬山路上

登上爬山路，置身翠海间，
一步一身汗，一步一重天。
棵棵大树绿，叶叶遮青天，
吸进甜空气，早已忘吸烟。
千古青山在，山涧有人间，
鄂伦春马驾，猎人狩猎还。
人是一朵浪，红松五百年，
林海长屹立，怎比溪水山。
兴奋下山去，路滑有鹅卵，
一步一观景，又是一重天。
婚礼有殿堂，电击雷声响，
说是避邪物，割块平安香。
穿过长寿门，参天万寿松，
伊春林海美，挥手别青山。

（四）西岭小镇

林道直又长，扑鼻闻松香，
头顶白云绕，西岭小镇到。
模式有创造，农民新村房，
户户独院好，人人就业忙。
平衡有来源，得益新政策，
腾出棚户地，打造度假乡。
旅游产业链，就业空间广，

山野狩猎地，租给开发商。
林中多食材，工人采摘忙，
政企真合作，惠农思路强。
山林狩猎场，颠簸路花香，
这边梅花鹿，那边野猪藏，
路边跑野兔，飞龙树梢上，
小小乌马河，创造新篇章。

景洪野象谷

（一）野象谷之夜

野象谷傍晚，
云雾是那么厚重，
不见落日，
不见彩虹，
只见那如丝细雨，
浇灌在大地的山野绿草中。
横卧的山脉又要睡了，
白色的小屋都是炊烟袅袅，
哈尼族人一代代生长在这里，
他们种地养猪还养着珍珠鸡。
天黑了，篝火点燃了，
湛如老师儒雅地宣布，
历史班野象谷篝火晚会雨中开幕！

傣族小姑娘的孔雀舞，
于干八人与智慧相遇的诗朗诵，
妙语，哲理，思考，教诲，
字字浸透了大师的智慧。
日日是好日，年年是好年，
大师是那么敏锐、深邃不凡，
横山电视台的陈波，
一曲今夜星光灿烂，
振了七彩云南。
柔美的葫芦丝，
小姑娘的碧伞舞，
把我们带进那样美丽的地方。
天蓝蓝的歌曲，
像美丽的晚霞，
那么甜润悠扬。
我写的两首慢生活，
朗诵的多么深情，又多么伤感。
陈大师表演的千古江山，
热血腾腾地把辛弃疾的词念。
今夜师徒同乐，
今夜心海灿烂。
数同学才子，
还看诗人晓剑。
烟波渺渺清凉夜，
同欢同乐不肯还。

（二）大渡岗村

又来大美彩云南，大渡岗村野象山，
五彩林中鸟儿叫，绿草茵茵红杜鹃。
远山边上飞云度，河谷潺潺小溪甜，
咖啡柿子香樟树，大叶芭蕉果实甜。
千棵杨梅一品红，万株茶林白花香，
左手一指三角梅，右边望去是梯田。
山中木楼瞭望台，千古江山千年木，
一览无余放眼去，只求踏遍美青山。
学习哈尼慢生活，净数还有七千天，
功名金钱身外物，走出另外一重天。

（三）野象谷慢生活

红红的太阳懒洋洋的山，
软绵绵的白云清清的水，
甜丝丝的空气蓝蓝的天，
啾啾叫的珍珠鸟，
胖乎乎的小黑熊，
黑黝黝的傣家女，
闲散散哈尼小伙儿。
时间在这里并不重要，
舞步都慢半拍。
打打牌，喝喝酒，
这就是边陲人的生活，

北京人来到这里也变了。
快节奏，挣命钱，
要什么？又图什么？
赤条条地来，又赤条条地走，
为什么人老想挣大钱？
没有丛林法则，
人类不是照样生息繁衍？
看着远方的山，
想起了我曾经在大草原上的呐喊。
呐喊万恶的商品货币，
呐喊半生的劳疾病缘，
呐喊不尽的虚话假事，
呐喊起伏跌宕的苦乐华年，
呐喊有我自己的精神家园。
思维少些创新，
思想慢些飞扬，
踱步不再苦旅，
岁月多些甘甜，
灵魂少些闪现，
商海少些磨难，
变傻点，变慢点，
宁静的美，阳光下泡，
真向往野象谷的慢生活。

铜臭大机场

又到了，
深圳那个只为铜臭的大机场，
虽然，通道车把我们送到了行李旁，
已经少走了好多流汗的路，
但还必须穿过行李大厅，
和那巨大的商场，
厕所都难寻，
尿急的人一定会湿了裤裆。
一身臭汗，
终于到了那酷热的停车场。
什么以人为本?
全是商业利益，
现代化的机场不知吃了多少回扣，
又不知有多少人，
在豪华的建设中中饱私囊。
饿着肚子上了惠深高速，
没有服务站，
没有餐馆，
饿得我只好掏出烟枪，
用烟来充饥，
在云雾中联想，

什么开放的前沿广东重镇，
在铜臭中让人看不到人性的希望。

清水河湾十六景

清溪浅水漂流，窗前听雨抚琴，
青山峡谷漫步，雨后凭栏观山。
阳春油菜花映，暑夏入溪戏水，
金秋采摘硕果，雪冬舞银尽欢。
杜鹃花红采风，远山空谷放歌，
晨曦推手太极，午憩茗茶吟诗。
日日清静悠闲，年年都过好年，
宽衣迎接朋客，亲烹粗茶淡饭。
闻听花香鸟鸣，悦心水墨丹青，
吹箫观星赏月，举樽花坞入梦。

2014 年 8 月

钓鱼台园林

红亭子下，
我和老伴坐在石凳上，
看着湖水，
看着远方的绿，

心是那样的宁静。
外面斗争的你死我活，
短兵相接，
那边硝烟战起，
这边刺刀见红。
只有在这皇家园林里，
是那样无限的和平。
因为这里，
几乎没有多少人迹，
除了小鸟，白天鹅，小松鼠，
就是青松，翠柏，银杏，
还有酸酸的海棠树。
它们只会歌唱舞蹈，
它们没有丑恶的灵魂，
它们从来不会动武。
五孔桥，三潭印月，
美丽的画廊，
精美的亭台楼阁，
这都是人类的作品，
断头台，绞刑架，
也是人类自己绞杀同胞的武库。
动植物多静，
人类又是多肮脏，多俗气。

河南考察

（一）河南新平原

走进河南新平原，现代新城黄河边，
清秀凤湖波光动，湿地沼泽回千年。
恒大金碧新楼区，绿地英式大楼盘，
海派粤帮同 PK，共同拉动新平原。
华兰生物制药区，美国药号要抢先，
全球药厂都在争，过期专利也超前。

（二）无题

那是四十四年前，从这当兵赴边关，
记得人民公社好，共和国的好地标。
那时有个史来贺，主席夸他红旗飘，
农民土地脱开了，劳动利益大锅熬。

（三）到新乡

其实新乡历史长，仰韶文化早发祥，
山河拱卫鸣条战，商朝胜者夏朝亡。
牧野之战黄河泪，商灭周兴新艳阳，
革故创新英才众，太公钓鱼烈张良。
千古过去新中国，平原省会定新乡。

（四）新乡好风光

牧野人文好风光，郁郁葱葱南太行，
奇峰异石飞流瀑，林黛含烟景如歌。
万仙九莲天界山，百丽蛟龙是黄河，
比干庙加潞王陵，百泉景区美古建。

（五）到中原

星夜赶到中原，银河繁星闪闪，
城内灯光点点，夜空霾月不圆。
住进建业艾美，路窄厅小灰暗，
进屋先不冲澡，快吃一碗蛋面。
打开行李更衣，睡下已是两点，
太阳还没升腾，已和省长早餐。
还是那样亲切，初识二十年前，
老友都做高官，我在海中历练。
上午会见市长，探索投资言欢，
两场主持发言，累的口渴腿软。
又奔会议广场，企业家见市长，
我们汇报意向，他们展示大盘。
商人这么苦奔，啥都需要官员，
金钱不是万能，那是关系特权。
好在为公办事，好在花好月圆，
好在重商迎客，好在重塑河南。

（六）平顶山

纸上走进平顶山，历史文化多彩虹，
西周武王有封番，温泉汤池养生地。
常绿香樟白鹭洲，月季花艳昭平湖，
雄秀险奇看尧山，还有秀美画眉谷。
人口泱泱五百万，丰厚富饶煤铁盐，
能源化工要调整，精心构架替代链。
中原大佛现奇观，汝均名瓷古摇篮，
戏曲之乡美豫剧，苏洵轼辙三苏园。

走进南通

小南通，始于后周六千年，
千古之初流放地，
四通八达有狼山。
濠河状若丝道，
狼山寺庙真灵显。
启东圆陀角，
可以看江苏的第一缕阳光彩线。
南通基础教育全国领先，
连续九年第一的高考状元。
张謇，十六岁的小秀才，
清末才子大状元，

开办各种工场的大实业家。
张之洞，张謇，卢作孚，
都是那个时代的商业巨贾。
南通中学孕育了三十多位两院院士，
还有狂放的艺术大家范曾，
南通这片沃土，
是生产他们的家。
没有狼山濠河，
也就没有光环大射的他和她。
环濠河博物馆群，
闪耀着几千年古往今来的火花，
通州湾，海港城，
中国的开发区，
怎么长的都一样？
英国有乡村花园城市，
河流从城市中宁静地淌过，
中国建筑有南通本土造的一城三镇。
纺织业，建筑业，
蓝染花布，红木雕，带哨的风筝，
还有那罗汉松盆景美人腰。
南通人口七百万，
八千平方公里的地和天，
四千多亿 GDP，
四百多亿可用的钱。
土地那么多，
还有蓝海中的海床填不完。

铺天盖地小房子，
实用但不好看，
政府就不能供几张好看的设计图纸？
不然，日日多是阴雨天，
农民家家在土造的别墅中冒炊烟。
以上素描，多是表扬，
有点批判，也是纯真情，
希望建设有文化的新江南。

古北水镇

才刚离台北，又来新古北。
下有水街区，上有司马台。
进门大中厅，仰望司马台，
最险美长城，京师锁钥关，
奇险特敌楼，战时点狼烟。
景观一绝处，放眼望京城，
司马小烧酒，永顺大染房。
卧龙民俗区，杨家有祠堂，
梦回大清年，八旗有会馆。
梅花桩展旗，震远标局站，
金刀杀辽敌，令公震边关。
特色民宿屋，书舍小酒店，
水镇配长城，拼凑明貌原。

2014 年 9 月

阿尔山之行

（一）美丽的草原我的家

美丽的草原我的家，
无伴奏中有伴奏，
那是高难度的艺术之花，
曲难谱，词难填，
母亲的草原黄白的花，
父亲的河流高原的娃。
草原美食烤全羊，
歌声比过马头琴响，
一个流畅，一个悠扬，
有时心又像被火焰烧的一样。
又是一首草原恋，
母亲的温暖，
父亲的慈祥，
马蹬把人生骑练，
母亲给我奶汁，
父亲给我勇敢。
雕花的马鞍是神奇的摇篮，
马背给了我整个无边的草原。
天边白云下的八骏赞，
马蹄声脆绿草原，

姑娘乐来小伙儿欢，
看不够的艳阳蓝蓝的天。
再听一曲“蒙古人”，
辽阔的草原纯洁的心，
哺育我的草原水，
永远都是故乡的人。

（二）草原之心

蹭着富人的小飞机，
飘在白白的云朵上，
我要飞去母亲的河，
我想去唱草原的歌，
我去听悲伤的马头琴，
我想躺在草原上思亲人。
当我乘着飞鹰向下俯冲，
天边还有一抹红。
我是从草原上走出去的人，
我又在雪山沙漠中参了军，
我周身全是草原香，
我胸中装着治沙的魂。
我是从草原上走出去的人，
投行地产做了半辈子，
见过大钱玩过资本，
但资本跳跃的游戏让我从热爱变成憎恨，
我突然感到什么也夺不走我热爱草原的心。

我走过了草原的过去，
我最后还是要骑着骏马在草原上飞奔。

（三）那就是阿尔山

白云头上飞，
草原尽蓝天，
湖秀雪美空气甜。
绿谷青山翠，
草丰池奇连，
林海圣水热温泉。
从飞机上俯瞰，
黑灰白的云朵在滚翻，
座座碧绿的无头山，
真像阿尔卑斯的高山草原。
阿尔山，蒙语是哈仑阿尔山，
语意是热的圣泉。
山谷中火山喷发形成的堰塞湖，
像闪光的镜子一片片，
远方的天边是山边，
远方的山边连着天，
朵朵白云在太阳的折射下，
有时又变成黄绿蓝。
有森林就有水，
从蒙古国流过的哈拉哈河像银蛇舞动，
蓝天上又时常挂出美丽的彩链。
我曾经去过额尔古纳河，

今天又来到阿尔山的满族部落，
樟子松，红毛柳，白桦树，
五彩斑斓，多种植物。
小松鼠，小石兔，
还有那美丽的梅花鹿。
诺门罕，
苏蒙联军曾在这里同日军征战，
小日本野心大，
企图从那打过欧洲防线。
日军还向河中投毒，
心黑手辣，作恶多端。
日本人在这里筑铁路掠森林，
欠下的血债从未偿还。
2011 年开始禁伐，
林业工人开始把职业转换。
放下斧头搞旅游，
小康生活不用愁，
七千多平方公里，
人口仅有四点七万，
四大草原交汇处，
大兴安岭的西北头。
这边是科尔沁，
那边是呼伦贝尔，
东边又是锡林郭勒大草原。
还有一颗明珠，
甜丝丝的五里甘泉。

（四）石塘林大景观

松石花木色斑斓，哈拉哈河流长远，
远古怪石熔岩道，两岸古树已参天。
神奇俊秀三潭峡，清水奔腾像骏马，
溅起浪花像白玉，一池香甜醉流霞。
哈拉哈河源中国，流经蒙古嫁异乡，
国外漂流半世纪，又回祖国好河床。

（五）神泉雪城

阿尔山不是山，是水，
阿尔山是神泉雪城。
欧式的小城镇，
只有四条街，
小巧的迷人。
到白城的铁路是日本人修的，
目的是掠夺阿尔山的森林。
阿尔山的国家森林公园，
大湿地，大生态博物群。
蒲公英黄，挚鸢花蓝，
野邹菊白，火红如霞是杜鹃，
山杨叶黄红，兴安落叶松，
小麦、油菜田成为防火带，
美少女是白桦林。
前面又到伊尔施小镇，
棚户区改造民众爱，
人民政府为人民。

（六）天池

望不尽的白桦林，一路绿海一路山，
闻不尽的松香味，车行百里少人烟。
七大高位火山口，九大火山堰塞湖，
火山玄武岩奇特，块块原石龟背岩。
地下潜流十公里，暗河千古吼无言，
乌苏浪子湖鱼美，金黄鱼子肥肚满。
阿尔山上天池秀，不知池水多深浅，
久旱不涸雨不溢，一泓池水净无比。

（七）放飞草原

齐峰的歌，震到了俺，
我的根在草原，
走遍了山山水水，
比不过美丽的草原。
蓝色的蒙古草原，
从远古走到今天，
我是母亲放飞的雄鹰，
永远牵着记忆的彩线，
草原又是我的根，
激励我在蒙古高原上策马扬鞭。

又来鄂尔多斯

清晨，从伊泰酒店向窗外望去，
好一个现代化城区，
楼群体高大，
广场开阔，
街道也是那么绿。
只是人烟稀少，
天空中飘着雾霾的空气。
出城了，看看康巴斯城去，
宽阔八车道的快速路，
星河湾楼盘悄悄地死去，
当年有多红火的气势，
今日又像僵尸一样哭泣。
进入康巴斯，
还有往日的美丽，
但多了一些烂尾楼的框架，
在豪华广场边竖立。
博物馆，文化中心几乎是关闭，
几百栋公务员公寓，
几十栋写字楼，
楼空寂静，
白白养了那么多绿地。

高大的政府办公体，
空壳一样躺在那里，
也在流泪，也在不断折叠那昂贵的新衣。
只有草原，永远是那样绿，
还有着风吹草低见牛羊的生气。
忆往千古，造一个神话哪有那么容易？
鄂尔多斯，你先睡在这儿吧，
好在还有地下的煤与矿，
当世界变好时，
你还可以再崛起。

白狼岭

白狼岭上有白狼，庇佑白狼安全乡，
四千人口小城镇，只距蒙古几十里。
遍是翠谷绿红黄，柳青蔷薇山花香，
白桦少女多姿丽，人间七彩美画廊。
如果李白到此游，玉语珍珠更豪放，
一笔一彩绘山湖，蒙古高原景观王。

大连之夜

美丽的大连之夜，

配着菲律宾的打击乐，
天上的星星你在哪里？
我在蓝色的大海上呼唤你。
达沃斯夏季会的会址，
东港的高档公寓，
希尔顿的豪华酒店，
野餐的小山又是那样的绿，
音乐喷泉高地，
几百个正和岛企业家在大连相聚，
香槟香，夜色美，
轻轻的海风让人醉。
换名片，传信息，
人脉织在岛亲的平台里。
中国商界的社交平台，
思想的飞扬为同一个梦而努力。
让自由之风劲吹，
让企业家精神振起，
让区域资源对接，
让岛内不断出现商业创新的奇迹。

福楼十五年庆典

福楼十五年庆典，高朋满座银具闪，
西服正装轻音乐，透着对西方向往。

法餐是一种文化，是一种生活方式，
法餐是一种氛围，是一种素质表现。
鲜生蚝加小龙虾，露杰鹅肝茵批香，
烤鳕鱼配小扁豆，葡萄美酒汽酒甜。
澳洲小牛里脊肉，粒粒甜点醉福楼，
道道美食道道美，打造中国米其林。

塞北呐喊

张家口，塞北小高原，
裹着灰云的天，
长满枣林、小白杨的无头山，
没有江南的秀美，
却有塞北的彪悍！
百里的疏林大草原，
树在草原中，
草在树林间，
多美的牧马地，
却是多冷的稀少人烟。
不见炊烟袅袅，
只听车轮飞转，
虽有秋夏的野美，
更有春冬的苦寒，
虽有元朝中都、上都，

那只是短暂的皇权，
草原走出过大帝，
也只是长夜流星一点。
人类愿集聚于文明，
人类愿贴近温暖。
平坦的高速公路，
小镇的瓦房红砖，
听不够的马头琴，
闻不够的烤羊烟，
在这里也是生活，
就这样代代生息繁衍。
人生到底要什么？
真想走进草原大声呐喊。
呐喊一生的奋斗，
呐喊人为什么老想挣钱，
呐喊万恶的货币商品，
呐喊半生的劳疾病缘，
呐喊不尽假话虚事，
呐喊起伏的苦乐年华，
呐喊我想在草原上扬鞭策马，
呐喊有我自己的精神家园。

首创奥运公园长跑

首创长跑协会，奥林匹克发威，
几百男生女汉，长期坚持为贵。
红色塑胶步道，阳光绿茵洒辉，
首创常青之业，要做花中玫瑰。
长走艳阳长路，常让理想放飞。
这边青松翠柏，那边绿湖芦苇。
前方健走男儿，后边壮年收队，
越走精神越振，迎接未来之辉。

昆　明

（一）百里滇池

西山美人静卧仰天，彩云之端灰中少蓝，
百里滇池浩荡依然，一池绿水与净无缘。
千古人类小如蚂蚁，改造宇宙毁灭河山，
人类需要革新洗面，还我地球上古本原。

（二）弥勒小城

优美小城是弥勒，人工大湖属红河，
葡萄美酒云南红，镀金大佛祥云朵。

青青绿茵高尔夫，处处温泉矿物多，
小城藏龙大企业，白银堆起理想国。

2014 年 10 月

苏州太湖

（一）苏州早晨

早上的苏州，
太阳是那样的炙热，
大口地吸了支香烟，
赶紧离开那热腾的椅座，
金鸡是美丽的镜小，
但她让大地更热。
睡在岸边的几艘游艇，
不知是哪些富人的。
摩天轮，小鸟巢，大“秋裤”，
还有那成百上千的高档楼盘。
湖心岛上的风味餐厅，
一个个酒吧卡座，
都透着苏州新区的富有，
都表现了新东吴的新生活。
酒店的早餐厅，
已不再是西装笔挺的商务客，
一个个富有的家庭，

构成了彩色斑斓的家族游客。
这还是古代富贾成群的苏州城吗？
一个新时代，一部新小说。

（二）太湖采风

八百里太湖烟波浩渺，一大池碧水绿蓝白黄，
青芦苇木船渔家摇橹，湖边顶艳阳热中清凉。
一家家烧烤采莲沐风，上帝赐人类大美江山。

（三）苏州史想

苏州太湖乘渔船，烟波浩渺倾三万，
青青小山水蓝蓝，白鱼银鱼白虾鲜。
山上东山国宾馆，鱼山岛上是戏山，
湖通长江奔大海，灵雾水洞听评弹。
细品茗前碧螺春，无锡太湖望梅园，
鼋头渚上观水墨，民居白墙黑瓦片。
山上果农种茶园，枇杷橘子茶香甜，
水中渔民捕鱼虾，太湖蟹肥肉更鲜。
青柳芦苇绿荷叶，不见粉妆白蓬莲，
红霞落日白云落，明月繁星银河现。
天上嫦娥奔月去，地上人间斗人间，
吴越争霸伍子胥，阖闾二千五百年。
范蠡割爱送西施，勾践卧薪灭夫差，
三国东吴帝孙权，大乔小乔周郎艳。
少年盛气输诸葛，一代天骄泪草船，

伯虎戏点美秋香，孙膑兵书胜江山。
苏州庭院属拙政，雪花云堆属高官，
香山工匠雕故宫，宫宫殿殿铺金砖。
明代还有沈万三，错捐建城家库钱，
富可敌国漏富祸，惹恼元璋真龙颜。
近代商贾富豪多，江浙财阀控江山，
还是天空宇宙亮，追权逐利尽人间。

（四）岛尚*

岛演大戏唱江南，一段昆曲戏祖欢，
盛起明清六百年，流丽悠远婉缠绵。
文史乐舞集一体，曲牌雅美唱三赞，
湖边清风徐徐吹，古色香亭品苏南。
游园惊梦牡丹亭，白菊香桂无牡丹，
男女追求自由爱，暮色还魂丽娘叹。
想起京剧同根生，南派婉委北彪悍，
明代大家汤显祖，青春昆曲数百年。
长笛一曲姑苏行，烟波观鱼听评弹，
净心回归清净心，邂逅灵魂闻馨弦。

注：*岛尚，是首创置业和中青旅在昆山合作开发的一个房地产项目。

（五）牡丹亭思

牡丹亭中多名句，
情不知所起，
一往而深，

生者可以死，
死可以生，
惊觉相思不露，
原来只因已入骨。
朝飞暮卷，云霞翠轩，
雨丝风片，烟波画船。
待打拼香魂一片，
守得个阴雨梅天。
名句出自六百年，
句句精字字绝，
中华现代有文化？
再看还待一千年。

（六）苏州老城

苏州一千一百万人口，
八千多万平方公里，
四千多年前曾叫平江府。
苏州又是女人城，
丝绸珍珠，
透着苏灵杭秀。
吴国伍子胥建城，
六个城门形似龟城。
京杭大运河，
两岸尽柳杨，
泛舟水天堂，

漂在古运河上，
沈万三建的万年桥，
斗富地竖在千古的运河上。
心放风景中，
洗去都市铅华的尘荡。
岸上青石绿草，
桥桥花港观鱼，
处处闻莺柳浪。
这边苏式白色古屋，
那边高楼林立云乡。
太湖石瘦漏透，
押犯人的万人码头，
吕洞宾庙又是押神仙的地方。
小桥流水有人家，
才子唐伯虎的故居，
林妹妹故居阊门石房。
水上听起评弹声，
美丽苏州，我的家乡。
好一朵茉莉花，
江苏民歌又是那么柔美悠扬。
685 年水陆城门，
盘门八景印象，
都深深地印在我的脑海中，
都装进了，
我眼睛同美景刹那结合的彩虹箱。

穿越贺兰山

今日穿越贺兰山
过了沉睡的西夏王陵，
就是铁石色的贺兰山，
阳光下没有几点绿，
但头顶上的天还是很蓝很蓝。
西北的连绵山脉，
千古以来都是那样的彪悍。
这里有汉代的定远城，
千军万马在这里屯军戍边，
左宗棠的十万大军，
也曾在河西走廊策马征战。
今天二百多 SEE* 的会员，
相聚在金秋的贺兰山。
踏上征途，穿越山脉，
为一亿棵梭梭林筹款，
更为千秋万代的碧水蓝天。
任志强在灵光寺的发令哨吹响了，
会员们穿上冲锋衣，登山鞋，
背上小水壶，
开始了艰难穿越的征战。
水泥路，坡度大，

有抽筋的，呼吸急促，
腿发酸，停停步，
再往上爬。
四十五度坡的碎石路，
体力开始不支，
头晕，目眩，
开始站不稳啦，
他想放弃，我也想到回家。
但那不是SEE的精神，
再难也要挺过去，咬紧牙。
一路奔跑，一身热汗，
干脆只把半袖穿。
碎石小道骆驼刺，
青松翠柏野马兰，
手刺破，脚起泡，
心比天高振贺兰，
一路矮灌木，野枸杞，
一路一身汗，一重天。
终于登上2560米范梨花的点将台。
岳飞当年抵抗金人，
写下如虹的满江红诗篇，
今天企业家们的穿越，
是为了防沙治沙，
为了大美的碧水蓝天。
登上山顶心旷神怡，

身体好像轻松了一半，
超越一队是一队，
补给点上少有人在休闲。
日头刚刚过晌午，
有人已经冲到了终点站。
有八零后自豪地说，
这一段路我曾经走过，
我也要带着我的企业员工，
再把贺兰山穿越一遍。
亿棵梭梭树，巍峨贺兰山，
壮丽好山河，碧水美蓝天，
心灵在这里净化升华，
今夜星光灿烂，
我要为心中的理想，
再穿越五百年。

注：* SEE 是阿拉善 SEE 生态协会的简称，SEE 是英文 Society of Entrepreneurs & Ecology 的缩写。

会员来种梭梭林

（一）种梭梭

会员来种梭梭林，大漠黄沙满绿茵，
扬锹弯腰挖苗坑，细心植入小苗根。
一棵苗来一桶水，一棵梭梭一颗心，

五零后到八零后，还有四岁治沙人。
穿越贺兰是首诗，细种梭梭是精神，
千秋万代种下去，碧水蓝天还人民。
阿拉善是播种机，千千万万捐款人，
治沙精神似彩虹，守护山河中华魂。

（二）环保星火必燎原

一首再进阿拉善，深情款款心声来，
心意深切情依旧，初心不改好情怀。
环保星火必燎原，长河落日有遗篇，
人性光芒映沙漠，蓝天白云绿青山。
五百会亲需奋斗，护好中华美江山。

首创深圳水务合资十年赞

——为首创深圳水务成立十周年而作

十年前的艳阳天，首创一艘新战舰，
承载天大的责任，驶入水务航行线。
深水合资整十年，岁月流丽映十年，
全球招标国际化，是那么震撼超前。
技术管理新聚合，混合制度引领先，
全国市场勇开拓，做透增效产业链。
设计研发建平台，国际经验我借鉴，
水星网站助发展，新经济上新起点。

环保精神彩虹链，今夜星光更灿烂，
只为心中好理想，力行开拓日中天。
十年业绩好答卷，十年谷穗沉甸甸，
担当责任和希望，守护蓝天碧水源。

香港丽思卡尔顿酒店

（一）无题

丽思卡尔顿
另一个云间咖啡厅，
层高在一零三。
厅内豪华的欧式风格，
六米高的水晶垂顶灯，
几十米长装满洋酒的玻璃长廊，
中式珠红的方形酒吧，
两口大锅烧着红红的火炭。
望窗外夜晚，
维多利亚越缩越窄的海湾，
湾那边参差不一的高楼大厦，
通明的灯火，
还有一小伙“占中”的学生和警官。
再远望去是富人住的浅水湾，
星星灯火，一盏一盏，

港岛，物质上你富得华丽，
港岛，精神上你又穷得只剩骨仙。

（二）丽思卡尔顿咖啡厅

ICC 丽思卡尔顿酒店，
一百一十八层直冲九霄云天。
顶层的露天咖啡厅，
风是那么大，那么寒，
但还是有那么多爱美的人要单。
大鼻子的外国人，
一个个美女俊男，
看着灯红酒绿的海湾对面，
香港岛给人多少遐想心帆！
我们碰杯，我们交谈，
我们真想这是一个不会再亮的夜晚。
我们想飞上银河，
我们想到月亮上去飘荡九天。
不再有人间的争斗，
不再有离开亲人的惦念，
不再有名利沉重的手铐，
永远是笑声的明天。

SEE 企业家的幸福

世上有多少人，
能满怀激情地相聚在大漠，
能志向高远且无话不谈？
从阿拉善协会相知相遇，
我们共同挑起，
守护碧水蓝天的重担，
让贫瘠的山川与大地，
变成碧绿的草原和良田。
这是我们的共识、共和与缘分，
这是理想者那颗红心的冷暖，
这是梦想和希望。
志存高远的企业家们，
全凭那颗火热的心，
心心相连，
心与心的交换，
心与心的惦记
心与心的挂念。
有关爱，更有信念。
追求是一种爱，
幸福是一种事业的感怀，
自由，追求，实践，

拨云去雾，
这就是追求理想的草原和蓝天。
幸福是一批志同者走在一起，
幸福是一批有梦者的互相思念，
幸福又是互相支持的珍惜。
无论是好日子还是雾霾年，
我们一次次实践和行动，
我们一次次幸福和激动，
我们每走一步，
都会变成一片片雪白的鸿毛，
都会飞得很久很远。

2014 年 11 月

阿拉善西安年会

（一）我们都是治沙人

早上六点叫醒铃响了，
为了赶 SEE 的年会。
年度工作报告，
让我想起十年前的沙漠长跪，
捧起一把黄沙，
心灵中已经流泪，
会员们表决章程，
又让我想起十年前的夜不能寐，

一只只林中大鸟，
不留情面地挑战我的权威。
民主，共识，共和，
争吵，调研，苦旅甜岁，
百名企业家在月亮湖上，
开始了治沙环保心的放飞。
下午省长来讲话了，
西安的会亲们真是用了心，
官很重要，
我们更看重的是贫困的人民。
十年前谁会想到今天的气氛？
十年后我们的脸上又添了多少皱纹？
我们穿越了贺兰山，
我们收获了梭梭林，
我们成了播种机，
我们扎根在阿拉善，
我们都是治沙的人。
我们点燃了守护山河的火把，
我们永远会跳动那一颗颗火热的心。

（二）还我地球童年

从五零后到八零后，
笑的是那样的甜！
是什么精神把我们聚在一起？
是为了守护祖国的碧水蓝天！

我们捐款捐物，我们奉献时间，
我们不为名利，我们回到从前。
过去并不相识，今天心心相连，
流淌中华血脉，编织大美花环，
环保无疆无界，灵魂永护蓝天，
誓做全新人类，还我地球童年。

（三）西安会亲

西安的星星真亮，陕北的月亮真圆，
会亲的笑声真亮，葡萄美酒真的甜。
西北的会亲真行，准备了丰盛晚宴，
起舞步吟诗歌唱，会亲们畅饮开怀。
我们有理想担当，我们心澎湃无限，
我们会亲密无间，我们赞生命灿烂。
我们在书写历史，我们在创造明天。

感恩节感恩

——写给花甲的老伴

你给我一次牵手，我心中就想起
　我们初恋的时点；
你给我一首美诗，我心中就想起
　酷夏中情书片片；

你给我一个热吻，我心中就想起蜜月
　风雨同舟的三十二年；
你给我一个梦想，我就幸福地回忆你
　我相依相随的黑夜白天；
你给我一件披衣，我心中就想起我最寒冷
　时你给我的棉衣和温暖；
你给我一分光阴，我是那样珍惜，只恨人生苦短；
你给我一滴雨露，我心海中就扬起
　更美的恩爱风帆；
你给我一缕阳光，我也一样心花盛开，
　感觉是那样热，那般甜。
我多想陪着你远行五洲四海，
我多想再陪你五百年。

莫干山

（一）走进莫干山

一路修竹林，一路落叶枫，
一路清溪水，一路养蜂人。
一幅翠竹画，一路空气新，
一路新民居，一路度假村。
车行盘山道，美景沁人心，
远山眺望去，探路等亲人。

（二）云起居

云起居一个微型度假村，
在莫干山脚下，
只能住十几个人。
清晨，鱼肚刚发白，
青山还在沉睡，
灰色的天空中有点点白云。
山间的香樟、枫树和修竹，
黄绿相交，有点点红，
小鸟早就开始了欢乐晨舞。
农民的蓝树坑山村，
红瓦白墙的新房，
炊烟袅袅，
土洋房已进入准现代化，
但还保留着千年来的习俗风土。
头，进入了现代化，
还留着旧世纪的尾巴。
物质上小文明了，
但软件上、精神上还有距离差。
小城镇是下一步中国经济的一个支点，
农民们盼望解决千百年的贫富差。

（三）我看莫干山

莫干山的三胜是竹、云、泉，
莫干山的四优是清、静、绿、凉甜。
“竹”，是莫干山“三胜”之冠，
走近莫干山，只见修竹满山，
绿荫环径，风吹影舞，
芳馨清逸，空气香甜，
宛如置身绿幕之间。
有诗云：
“竹径数十里，供我半月看。
黄金嵌碧玉，绿海衬云烟”。
莫干山的云，
极时而异、变幻万千，
动若浮波、静若絮团。
站在云海上餐雾饮露，枕云席絮，
令人有“遗世而独立”之感。
莫干山的“泉”也是一胜，
飞瀑流泉天上来，
峰峰有水、步步皆泉。
莫干山的树绿、竹绿、草绿、山绿，
如绿色的海洋，满目是翠山。
“清”也是个亮点，
漫步于竹林或憩息于林荫，
眺望于亭台，或夜坐于别墅，

处处清新悦人、神舒肤绵。
“凉”是避暑的绝佳点，
绿化覆盖率高，
修竹青峰遍野流泉，
可谓是最宜避暑之山。
静，谷幽境绝，
宛如世外桃源。
走出久被噪音围困的圈子，
走进静谷清碧的莫干山。

（四）莫干山的夜晚

莫干山连着天目山，
追溯千古的春秋末年，
吴王阖闾派干将、莫邪*，
铸成举世无双的雌雄双剑。
莫干山，山峦起伏连绵，
风景秀丽多姿，
虽不及泰岱之雄伟、华山之峻险，
却以绿荫如海的修竹，
清澈不竭的山泉，
星罗棋布的别墅，
四季各异的迷人风光，
称秀于江南，
享有“江南第一山”。
莫干山留下了古人难以计数的诗文、石刻，

莫干山的历史是那样伟灿。
我坐在云起居的天台上，
已经是深夜十二点，
泡一壶龙井香茶，
静静地看着莫干山的夜晚。
朦胧的山脉，
亮亮的星星，
翠竹中小虫的嘶叫，
空气是那么清甜。
久违了，这样美的山景，
我终于来到了，
改革者们向往的莫干山。

注：＊干将、莫邪为春秋时期的铸剑师。其所铸之剑“干将、莫邪”雌雄剑为古代传说中的十大名剑之一。

（五）我看裸心谷

莫干山脚下，
有个老外开的度假者的家。
占了一个山谷，
真的好绿好大。
想住裸心谷，
提前一个月找上海预订，
饥饿营销神秘化。
进大门，先是好一通检查，
看到的是停车场和马厩，

马厩中有欧洲上乘的好马，
小芽菜园，田舍，
剧场，泳池，景观台，
还有越野公园和池吧、酒吧。
办了手续，坐上小电瓶车，
小伙把你送到你的“家”，
现代派的山间别墅，
屋内舒适但不豪华，
客厅大天台，
卧室浴缸直接看到外面啦，
天台上有按摩浴缸，
烧烤机也放在阳台上。
早餐，瑜伽，农场，下午茶，
儿童乐园和绘画，
安静，舒适，放下，
这就是裸心谷给你的家。

（六）莫干山速描

二千五百年历史，
塔山改为莫干山。
剑池美，水清透，故事感人，
莫邪为吴王铸剑，
跳入溶剑池而铸成双剑。
莫邪、干将铜像，
得名莫干山。

六百栋别墅，
国民党外长修讲经堂。
毛蒋各东西，你在东我在西。
绝壁“翠”字水倒影，
凸凹版展现潭面。
蒋宋度蜜月别墅，
露天舞台，
两人种的山茶花，叫美人茶。
人文之后描自然，
青山吐翠。
陈毅写道：
遍地是修篁，夹道万竿成绿海，
风来凤尾罗拜忙，大雾常弥天，
时晴时雨浑难定，迷失楼台咫尺间，
夜来喜睡酣，雨后看堆云，
片片层层铺白絮，有天无地剩空灵。
飞瀑剑池涤俗虑，塔山远景足高歌。
再看毛泽东气势：
翻身复进七人房，回首峰峦入莽苍。
四十八盘才走过，风驰又已到钱塘。
我望莫干山，
想起当年改革潮，
心又澎湃，感慨万千。

志强*，我的挚友

——写给即将光荣退休的挚友

你给我一次支持，
我就想起我们几十年的情结；
你给我一首美诗，
我就想起白桦林中的诗书片片；
你给我一番争论，
我就想起风雨同舟的三十年；
你给我一个梦想，
我就幸福地回忆你我共同奋斗的黑夜白天；
你给我一件披衣，
我就想起我最寒冷时你给我的棉衣和温暖；
你给我一分光阴，我是那样珍惜，
只恨知己还少、人生苦短；
你给我一丝微笑，
我心海就扬起更美的并肩奋进的风帆；
你给我一缕阳光，我心花盛开，
感觉是那样热，那般甜；
你给我一句批判，我既恨又爱，
把它当成苦咖啡中的甜。
我多想同你远行五洲四海，
我多想再同你舌战五百年。

注：*志强即任志强，华远地产公司董事长。

2014 年 12 月

考察首创天津项目

（一）天津高速上随想

深夜，我们驶在，
那么宽阔的京津高速路上，
看着两旁的青青麦田，
寒风已吹落白杨的叶。
天空，一颗颗星星在朦胧中闪闪，
路边，一块块农民竖起的广告牌栏，
我裹着大衣开始浮想联翩。
我回忆着祖国改革开放的三十多年，
一条条高速公路，
里程已超过十几万，
这是国家的国力，
也是堆起的一捆一捆的钱。
再看太太从吴哥城发来的连线：
“吴哥，曾几时，
工业革命前全球最大的城市，
曾几时，
东南亚最强盛的国家，
曾几时，
高棉王国的首都。
而如今，

没有高楼，没有工地，
没有商场，没有超市，
只有已经沙化的黑色古迹！
全城四个红绿灯，
只有一条马路有路灯。
十四万人口都在从事旅游，
到处是贫穷孩子伸手要糖果的祈求”！
可怜，贫穷扭曲的人性，
世界的不平等，可叹！

（二）静夜思

深夜一点多赶到下榻的酒店，
又兴奋地聊了一小时的天，
聊经中[1]，聊改革，谈未来，
当然，还吃了一碗热腾腾的鸡蛋面，
太兴奋了，结果是夜不能眠，
太阳都出来了，还睁着困倦的双眼。
打开手机，继续把昨天浮想沉思写完，
首创还真是够伟大的，
从出生时的“三无”企业，
到把新城[2]投建，
几十平方公里，
投资要两千多亿元，
全国五十七个城市有我们的投资，
海外从法国，到澳洲、新西兰，

怎么也不敢想象，
我们能有二十年后的今天！
这是首创人打下的江山，
这是首创人的气势胸胆，
这是首创人的精神当担，
这是首创人的纵论鸿篇！
看着七里海湿地，
抚摸着清河大地的盐碱，
一座未来城将拔地而矗，
一首交响诗将向世人展现！

注：1. 经中是首创集团的下属子公司。2. 新城指首创在天津武清开发的京津同城项目。

法国项目考察

（一）文艺复兴的圣殿

梵蒂冈博物馆，
又一个艺术圣殿。
国中国铜球雕塑，
喷水的青铜松果，
三张西斯廷小礼拜堂的壁画，
都出自文艺复兴大画家之手。
米开朗基罗的《母爱》，《大卫》，
达芬奇的《最后的晚餐》，

拉斐尔的《圣母玛丽亚》，
一幅幅教堂中的世界名画。
博物馆以存古罗马雕塑、壁画为主，
还有一幅画《耶稣的最后的审判》，
三层地狱，人都受难，
耶稣胖了，形象不凡。
那时不许署名，
画家只能把自己头像画在画间。
六师女神，马赛克地画，
大理石水盆红光闪。
希腊文物早于古罗马，
挂毯画《耶稣复活》，
在拉斐尔厅中悲情活现。
古罗马君士坦丁大帝皇位的神梦，
惊奇地加冕实现。
给教徒信仰自由，
让新教徒们不再东藏西闪。
雅典学派古希腊的哲学家，
思想的深渊，
让今天的精英都赞叹惊讶。
希腊哲学家柏拉图理想风帆，
亚里士多德的理论重在实践。
天上地上讨论教义，
进行激烈的圣理争辩。
西斯廷小礼拜厅，

全是拉斐尔、米开朗基罗的壁画。
日夜仰头一画就是四年，
文艺复兴给世界的不朽作品灿烂、震撼。

（二）意大利上空的云

雪白中有蔚蓝，
蔚蓝中有碧绿，
碧绿中又有一丝粉，
多美的五彩之云。
一会儿像朵朵棉花飘在空中，
一会儿又像层层分解晶莹的鸡尾酒，
一会儿出现霞光万道，
一会儿又变成雪山叠峰。
意大利天空的云，
是那样的纯洁无瑕，
意大利天空的云，
又是那样的透明清亮。
每个人都有自己的祖国，
为什么天空却不是一个颜色？
为什么有的天空湛蓝如海？
为什么有的天空雾霾经常停留不肯走过？
先生产再环保，
先污染再治理，
难道这就是人类的发展轨迹？
难道这就是我们无奈的生活？

人类呀，在改造自然中又在毁灭自己！
这并不是必然走的前道歪科！
居住权才是最大的人权，
要用法尺让人类不再犯罪，
共同守护共有的碧水蓝天。
飞机下降了，到了若仑托。
太阳已经下山，
天空变成灰蓝，
大海连着苍天，
风卷云舒汪洋浪滔天。
一个个小丘陵，
一棵棵地中海松，
一阵阵玫瑰香味，
一缕缕农舍炊烟。
看着山上的小城，
夜灯明盏，就像星星点点。
父亲的大海，母亲的云，
我们都是环保人。
圆圆的月亮，
闪耀的星，
还有点时间，
我们去考察工厂店，
我们去 Shopping。

（三）再看斗兽场

罗马城的标志，
一只母狼，两个小狼孩。
罗马起源是两个狼孩建起来的，
又称七丘之城。
斗兽场，公元72年建，
四万战俘苦役干了四年，
日日夜夜，白骨无边。
斗兽场建成了，
更演进了人类的凶残，
亲兄弟也要像野兽一样厮杀，
一人必死，手足血杀。
上午人与兽恶战，
下午人与人拼杀。
为了让野兽吃人，
竟然要先饿它七天。
皇宫贵族以看杀人为乐，
平民也失去了人性，
在肉搏的哭嚎中狂欢。
斗兽场的修建，
共用了十万吨石材，
六十个门洞，对号入盘，
顶层有遮阳伞，
害怕骄阳灿烂。

开业时延续了一百天，
升降机把头头猛兽运上地面，
四千头野兽冲出铁栏，
可以想象多少人被撕成碎片。
斯巴达克斯斗兽，
跑上维苏威火山。
十二万人起义大军，
由于告密者的出卖，
全军被罗马军队灭完。
十字架后是皇帝的看台，
他的大拇指，
决定着每个斗兽者的生死权。
新年的人们，
听着帕瓦罗蒂在斗兽场上的演唱会，
思考历史悲惨的昨天。
当年地上铺沙子，
厮杀后就成了血沙，
人兽的五脏六腑被撕成了一截一片。
沙地上还种上了小灌木群，
还有自然布景，
让人兽在自然中杀打，
每次有六万人观看，
那时代真让人全身发指发麻。
188 米 ×156 米的长宽面积，
墙高五六米，

生门进，死门出，
人间取乐在残杀。
伸手摸摸老墙石，
身心穿越两千年。
地中海松的迎风傲立，
断壁残垣的皇宫、建筑群。
这些还活着的建筑都建于公元前753年，
相当于我们的周朝，
真敬佩罗马人那时的灵魂闪现。

（四）彩虹公司的CGI*

彩虹公司的电脑城，
3D、三维中心，
已经出了四部电影。
电视剧也好看，
拍的是《梦幻俏佳人》
研发为上，人才济济，
还开了一个学院，
比美国做得更加创新。
学生毕业到各大公司，
老板有着开放胸襟。
有的电视剧，
一半卡通，一半是真人。
声光电作品，特效视频，
都是欧洲故事，

神话、童话能抓住孩子们的心。
3D 工作流程图复杂，
二十多种软件混用混搭，
3D 设计用专业 3D 软件，
成像后要移到另一个软件上颜色。
画家加高技术，
然后放入骨架，
可以动作了，这部分更复杂。
自己研发的播件更有特效，
几百人分工很细，
还有真人做动作。
电脑生成借鉴，
把真人变成 3D 环境：
庞贝火山爆发，
惨烈的斗兽场，
一幕幕故事，一个个震撼场面，
那么刺激，那么好玩。
我看后有感：
故事要有中、欧、美和阿拉伯线，
要有 3D + 游客体验，
参加打斗防爆会更加好玩，
各种项目比例适度，
用少的投资赚更多的钱。

注：* 彩虹公司是意大利的一家做动漫产品的企业，CGI 是英文 Common Gateway Interface 的缩写，译为公共网关接口、电脑三维动画。

（五）罗马半日梵蒂冈

昨夜入住瑞迪森，几条铁路夜伴歌。
清晨艳阳美蓝天，罗马半日国中国。
罗马古代大浴场，已建一千八百年。
洗澡健身热水浴，蒸汽刮痧冷水寒。
澡堂可容三千客，身心净洗配美餐。
城中之国梵蒂冈，天主教堂圣彼得。
始建一九二九年，耶稣弟子多圣贤。
彼得埋在教堂中，圣门一年开四遍。
钉死彼得砍保罗，圣人用命传新教。
鲜血染红天主国，青铜华盖贝尔诺。
彩画拼图马赛克，圣母无染怀身孕。
五门之中有圣门，彼得手持金钥匙。
保罗传教罗马人，砍头落地颠三下。
三口泉眼敬教民，教皇三权于一身。
梵国罗马天主神，镀银镀蜡木乃伊。
米开朗基母爱像，拉斐尔画显圣容。
贵富家族美第奇，有钱有权有花束。
三任教皇两皇后，公元六十开元年。
二百教皇有权钱，王宫贵族争教主。
大教堂上天顶圆，五百五十一台阶。
坐完电梯还要攀，走一阶来喘一口。
登顶之后天外天，一览无余大罗马。
教皇百姓小蚁蟠，腰酸腿软已无力。

广场人海望无边，等着教皇窗口见。
今是玛丽亚升天，上帝女儿彩云间。
松下彩色大屏幕，清晰影像众人前。
神秘宗教有信仰，教皇天音罗马传。
凯撒大帝建罗马，披上理石好壮观。
大帝挑动两大师，全城一人建一半。
贝尔尼尼建南边，伯乐里尼建北面。
巴洛克式风格美，竞争作品才不凡。
壮丽广场威尼斯，还有祖国大祭坛。
图拉斯柱满浮雕，纪念胜利两千年。
方尖碑后总统府，教堂遍地多喷泉。

（六）又看罗浮宫

最早的狼群窝称罗浮，
狼窝的宫殿当然叫罗浮宫。
六十多位皇帝曾在这里呼风唤雨，
好总统把皇宫变成文物瑰宝宫。
二百四十二万件价值连城的文物，
多数是凭铁骑掠夺于众多国家的国库。
特别当一些国家政权更迭燃烧战火时，
大盗们的长枪、大炮、铁船，
更是把人家的艺术圣殿抢空。
我曾经进入过十几次罗浮宫，
每观摩一次就心跳一次，
次次看到的都是文明和血腥。

在一尊精美的石雕后面，
刻着血红的 NB－373 序号，
法兰西的专家们都知道，
NB 是拿破仑，
373 是他掠夺的第 373 件文物的序号。
看着玉雕是那样逼真，
那样的晶莹剔透，
可又有多少人知道那带血的编号，
印着多少铁蹄的践踏，
又意示着有多少颗人头被砍掉！
拿破仑还无耻地诡辩，
你们太穷，战火连篇，
没有能力保护这些人类瑰宝。
看我中华多少无价瑰宝，
被摆放在罗浮宫的厅堂柜号。
唐帖宋迹，薄胎青花，
五代花钴，柴窑梅瓶，
多少瑰宝都在洋人囊中。
这只是感慨的回忆，
罗浮宫的艺术品是切切真真，
戴安娜狩猎女神，
古希腊著名的雕塑，
一手拉弓，一手抽箭，
好一个射雕弯弓。
数据说明，希腊的古石雕，

百分之七十抢回来的，
虽然缺胳膊断腿，
但千古以来个个都瞪着眼睛。
天神剥皮吹笛人，
刻画的是那样悲苦，
爱神维纳斯，身材丰满，
端庄美艳，
不知出自于谁的手，
雕塑于2100年前。
雅典娜神，胜利女神，
都产生在公元前200年。
战争胜利女神，
形象地雕塑出一幅海上的景象，
像一支神鹰，
在大浪滔天中张开美丽的翅膀。
亚当、夏娃偷吃禁果，
生下的小孩要洗罪，洗礼。
油画大厅中的精品让人回味无穷，
雅克·大卫画的“萨宾妇女”，
作于1799年，
写实，用光，
属典型的新古典主义。
拿破仑给约瑟芬加冕，
画家刻画了三年，
故事诡异复杂，

展示了一百多人的壮观场面，
每个面孔都被画家精心刻画。
男版蒙娜丽莎，
也是360度注视，
女版蒙娜丽莎，
价值已有六十亿欧元的天价。
达芬奇，画一个商人妻子，
断断续续画了5年。
五角画面，光和影，
不用线条表现。
有趣的是，在这个大厅中，
竟有十分之一的人是小偷，
人类堕落的已是那样的可怕。
立体基督耶稣在流泪，
拿破仑看瘟疫士兵，
美杜沙战役，
自由领导人民—自由女神，
红白蓝服装，国旗也一样。
没有雕塑完的奴隶像，
还有爱神丘比特，
都是雕塑品中的绝品，
都会引起人们美丽或悲伤的联想，
一幅幅绝佳作品让人看了还想看。
罗浮宫太博，太美丽了，
有人说一辈子也看不够，
还有人说，看透了罗浮宫就看透了世界。

（七）高速路上抛锚

车内热腾腾的，
车外是那么寒冷。
车突然抛锚了，
这车已走五十七万公里的征程。
发动机涡轮坏了，
顿时我们的心冷冰冰，
换车来接，
至少要等一个钟头，
有人要赶飞机，
有人缺氧胸疼，
有人说要泰然镇定。
哈，说得倒是轻松！
还是那个法国老兵，
关键时刻真行，
徒步走向前方，
找到回家的路径。
高速路上有个公交车站，
可把大伙都带进城。
大家下车排成单列，
紧靠铁栏月夜急行。
小小的公交车站，
大大的救援行宫，
仅仅挨冻了十来分钟，

就坐上公交车开始进城。
这就是出行安全，
这就是危机处理，
危机的关键时刻，
要感谢那个法国老兵。
危机来临之际，
还要相信星星绕月的命，
什么事都要想到测到，
这样才能让人放心远行。

（八）夏斗湖是一颗星

夏斗湖，夏天的湖，
热中有风，风中有情，
欧洲中心的一颗星。
为什么投资夏斗湖？
市长说，
高铁、高速、机场发达的交通，
省督说，
中法政府的高度支持、关注。
实惠的招商政策，
成片的低价的永久性土地，
先进的研发物流综合体，
中欧企业、政府互进共赢。
根子还有法兰西人民爱中国人民，
法兰西诚挚地向大中华致敬。

一百年前，
十四万劳工从青岛奔赴法兰西，
把人间苦难吃尽。
今天，五十多位中国企业家来夏斗湖考察投资，
边吃着西餐，品着红酒，
还欣赏着手风琴伴奏的二十年代法国舞曲。
一百多年前，
清朝派大辫子官员，
搞的还是君君臣臣，
维护的只是封建残垣上快要倒塌的皇宫。
日本天皇选派青年才俊学科技，谋改革，
回去就搞了明治维新，
在现代化轨道上前行。
八十年前的和森[1]、小平[2]，
勤工俭学中悄悄地革命，
为的是华人的解放和平等。
八十年代初，
大批青年学子登陆法兰西，
为的是让中国也富裕起来，
建设强大的中华共和，
追求民族的伟大复兴。
今天我们中国企业家来了，
带着钱和技术走进欧洲的腹地圆中，
我们要在世界的成本价值链条上循环，
我们要把欧洲的技术吸引进来，

我们要用首创的投资平台，
敲响欧洲的洪钟。
我们还要促进本地城市繁荣，
让人民生活富裕提升。

注：1. 和森即蔡和森。2. 小平即邓小平。

林总，我的挚友

——写给72岁的挚友和老领导林豹

你给我第一次印象，
是那样精干、年轻，
你四十二我三十，
三十年的共同奋斗时时刻在我心中。
你每给我一次理解和支持，
我心中就心存感激和热血沸腾，
你给我一个批评，
我心中就深感关心和动力，
你给我一个机会，
我就当好冲锋枪，回报望远镜，
你给我一只指南针，
我心中就想起我最迷茫时，
你给我的指引和光明。
你跟我的每一次合作，

我是那样珍惜感动，
只恨没照顾到，
造成了你后来的悲苦人生。
你给我每一次成长的帮助，
我就加倍担起重任，
扬起更美的并肩奋进的风帆，
你给我每一次鼓励和表扬，
我就心胸温暖，
感觉是那般甘甜，那样敞亮。
你有时给我一句忠告，
我把它当成逆耳的忠言、老师的评判。
我多想同你再共同奋战，
多想退休后同你游西湖、观莫干山，
我多想再与你同呼吸，
一同走过幸福百年。

台湾行

（一）入台湾

机场直奔霸王厅，接待机构八方行，
一杯金门高粱酒，想起大陆状元红。
海洋气候湿中寒，宝岛烈酒暖心胸，
福喜香米送宾客，香甜点心保温瓶。

台湾米糕台南肘，两岸一家赞三通，
一衣带水进宝岛，中华寰宇共东风。

（二）无题

台湾大选刚完成，国民民进两党蒙。
结果谁都未测对，执政下台民众说。
国民党人少参选，民进掌控媒体多。
青年不满工薪低，政府很少沟通祸。
保守孤立失民心，执政得意不改革。
马英九是好学生，不通网络民不和。
蓝绿框架已变化，不明青年心如何。
柯医曾走延安路，专门走访西柏坡。
政治风云多变幻，去年媳妇今年婆。
要随民众走共和，要懂时代新脉络。
台湾进入新时期，两岸关系未知多。
未来总要往前走，企盼两岸快共和。

（三）养生文化的内涵

养生文化要多元，退休生活价值观，
银发社交人际暖，智慧薪火相互传。
专业养生休闲乐，多元研习心天下，
住民社团多姿彩，人群互动人际欢。
经验传承智慧传，技艺传承话当年，
当地也有志愿队，银发爱心老人甜。

（四）鱼市随想

公有水产大市场，经营不善市不旺，
上引公司承包去，蒸蒸升来日日上。
海鲜来自北海道，买冰海水保蟹黄，
冰鲜海产分割卖，青年演艺新景象。
眼见海货活蹦跳，全场无臭道不脏，
进口牛羊鲜蔬菜，各种佐料小瓶装。
台北又一新去处，竹海餐厅海味香，
同是鱼市老市场，动力不一两重样。

（五）台湾点滴

帝宝公寓富人贵，仁爱路上椰树翠，
台铭胜文坏顶新，孤墙高锁大富居。
总统府承总督府，总督公寓骏马骑，
台北第一好女校，同样从小争第一。
台北曾有五座门，南门华丽商人砌，
剥皮寮区百多年，骑楼茶市古街区。
龙山寺庙尽铜柱，三百年来香火济，
收入来源长明灯，盏盏明灯印钞机。
黑社会收清洁费，抢钱手法变新局，
威灵坛边永兴亭，历史一页已过去。

（六）感人的慈济回收中心

垃圾是放错位置的资源，
回收中心把资源变废为宝救援穷人。
台北慈济回收中心，
竟有六千名义工、志愿工人，
这是一个充满爱心的地方。
爱心毛毯厂生产的条条毛毯，
经过大妈、大爷的双手，
送给地球上需要的人。
大妈们把学生收来的塑料瓶，
打碎加热成纱，
六七十个瓶可做一条毛毯，
义务工、志工均无工资，
还轮流煮饭带来共享。
她们要经过两年训练才能戴上志愿证。
全世界九万人授证，
又有三十万服务人员天天服务，
日日请缨。
台湾有五百万人月捐一百元，
一年十二个月众筹的钱可以堆成山峰。
志工是会员，
全球几千万会员，
一年的捐款又是多少座钱的山峰？
佛教慈善协会证严法师的《静思语》，

早已深入会员们的心灵。
台湾十一个核心区，
土地是佛教慈善基金会的会产，
台湾三万多个慈善组织，
每个志工每天都在奉献中。
一个八十八岁的老妈妈志工，
每天坐着公交车来工作，
多美的爱心，多真实的精神文明。
垃圾变黄金，黄金变爱心，
爱心化清流，清流绕全球。

（七）走进长庚养生文化村

仰看青山花园翠，兴奋走进文化村，
宽阔幽雅养生境，围合公寓感觉亲。
有氧自然生态区，动物植物迎亲人。
王老永庆有期许，照顾银发老年人。
互相奉献其智慧，文化生活多精神，
晚年不再有孤单，精彩生命彩虹云。

（八）养生村的精华

养生村内涵是啥？保医养娱一体化，
服务老年全方位，体贴设计为银发。
专业医生保看护，用药咨询急救驾，
防疫注射体检查，医院服务系统化。
个人都有资料库，照护管理电脑化，

专业医生驻社区，养生医院不分家。
呼叫系统快救援，时时监控不断片，
养生有机好食谱，生活空间人性化。
居家环境安全雅，宽体通道好出家，
安全行动无障碍，红黄绿标个人化。

（九）养生村的自然环境

有氧自然绿翠园，鸟蝶花树空气鲜，
休闲步道观景区，摘采种植有果园。
田野生活亲手种，闲庭信步呼自然，
儿童游戏体育场，老人亲子返童年。
银发专业学习园，老人大学社区办，
传统民俗多专业，优美艺文展空间，
学习从前职业课，好像倒回四十年。

（十）养生村速记

进村要到六十岁，配偶年龄无所谓，
住民必须先体检，日常生活能自理。
不能有病防传染，神经失忆也免谈，
长住村民含康护，还包紧急求救援。
一房一厅四六平，住宿吃饭四千六，
还有五百是水电，一月共计五千一。
一房二厅七三平，住宿吃饭六千二，
还有五百是水电，一月共计六千七。
入住要付保证金，一年一付先押钱，

如果感觉不满意，退住无息可退钱。
全村共有房四千，入住均龄近八十，
来源主要军工教，中产阶级占大半。
刷卡入住电脑记，每次出门纪录片，
防滑地板风雨廊，呼叫按钮色泽艳。
卫生间中扶手轻，洗澡定混防热泉，
透析中心都配置，洗衣房来小教堂。
几十小店公共屋，唱歌跳舞盘中餐，
长庚养生真方便，值得大陆学十年。

（十一）走进垦丁

垦丁，青年垦荒的地方。
灯塔，清代，
美国人漂泊上岸，被土著人杀，
为此建了可抗敌的灯塔。
1943 年，台湾曾下过一场红色血雨，
汉人纷纷逃离。
历史上台湾只有一万多人。
郑成功到台湾后发展到人口二十多万。
垦丁夜市热闹，许多比基尼女郎。
垦丁第一站是白沙滩，
其实白沙不白，蓝海不蓝，
三角梅，椰子树，
青翠之中的点点粉红，
远眺天边，

大海无边，海连着天，
天上的云灰白一块块，
拼命地把太阳遮掩。
大陆游客站满了海滩，
一家人，一个团一个团。
他们怀着新奇心，装着钱，
来到好奇的宝岛，
一了他们的心愿，
青年伴侣多，银发族多。
这还是台湾海峡，
再往南走，
就是那更开阔的太平洋。

（十二）垦丁见闻

台湾风景区民宿接待游客，
一家不可超过二百平米，五间房。
南湾，沙滩好，
比基尼女郎吸引眼球。
台湾有三个核电站，第四个还在建，
但封闭起来，不准使用。
夜市街，凯撒大酒店，
海边帆板石，
螃蟹不走斑马线，被车压着。
时有大批蝴蝶飞过，
要封马路一段时间。

台湾最南端的三角纪念碑，
岸边黑灰色礁石，
蓝白色海浪，墨绿色大海，
天边的白云，又是一幅油画。
太平洋，台湾海峡尽收眼底，
看到真正的海角天涯，
再没有看海的遗憾。

（十三）垦丁龙磐公园

龙磐公园太平洋，七级海风太超强，
一步一抖要摔倒，小伙成我挡风墙。
跌跌撞撞走过去，一线美景眼睛亮，
红泥土地到海床，青翠悬壁蓝海浪。
一边青山一边海，海浪之外尽汪洋，
双目望去白云渡，若不站稳下礁洋。

（十四）从垦丁到高雄

离开垦丁往高雄，艳阳高照青山翠，
巴士小湾海水绿，台湾海峡双雄汇。
一个中华大家庭，巨大中华四小龙，
十月狂彪落地风，追根溯源北极生。
沿途眼见墓塚地，座座石屋排阴宅，
亲朋好友趾骨瓮，阴晴圆缺千古在。
自然逐波翻巨浪，怎有平静好人生？

（十五）又进台北小故宫

又进台北小故宫，展馆很小史文重，
六十九万宝文物，集我中华万古风。
蒋家王朝更迭时，大批文物押军中，
一箱一船离大陆，六五[1]藏于小故宫。
年年换展故宫里，大部藏在青山中，
故宫边上国防部，守护国宝特种兵。
今天先看毛公鼎，西周时期铭记惊，
五百零一古汉字，盘古历史记铜钟。
宗周钟[2]体对称美，铸造艺术多铜钉，
翠玉白菜珍瑾妃，珍妃存宝后跳井。
肉形原石真肉型，白玉髓美玛瑙盛，
那边柜中镇馆物，汪伪赠日玉屏风。
双龙纹簋周早期，细腻彩绘铜刻精，
鼻烟壶通噎轻扬，神笔内画玉瓶中。
明清瓷质花瓶秀，玉堂富贵风华情，
明孔雀绿釉瓷绝，康熙豇豆柳叶瓶，
瓶盆风华配插花，明清花瓷艺高峰，
笔有千秋伟业功，明代沈度小楷正。
春游晚归[3]文徵明[4]，苏州文人扇面丽，
沈周唐寅风情致，清明上河看仇英[5]。

注：1. 台北故宫1965年落成。2. 宗周钟，西周青铜器。3. 指明朝画家戴进创作的《春游晚归图》。4. 文徵明即文征明，我国明朝著名书画家。5. 指明朝仇英款《清明上河图》。据“百度百科”，仇本《清明上河图》其艺术欣赏研究价值虽不能与张择端的宋本《清明上河图》相媲美，但在历代《清明上河图》摹本中属精品。

（十六）阿拉善台湾会员

今晚来到帝宝大院，
台湾的许多大佬住在这里，
当然，还有我们阿拉善的好人陈志远。
我们京企协代表团，
来参加志远的家宴，
除了我们，还有台湾的阿拉善会员。
先是陈会长热情的讲话，
接着是我致谢的讲演。
志远高歌几曲，
是那么专业，
那么清纯浑圆。
我念了几首新写的诗，
表示对台湾人民的赞叹。
陈会长是那样心细，
为我们的团员准备了生日蛋糕礼餐。
让我们感动，
让我们心欢，
大陆，台湾，
我们血脉同宗，
我们一同向前，
我们骨肉相连，
我们共同把环保的理想实现。

北京蒙古大营666号

来自呼伦贝尔的蒙古包，
凄凉低沉的马头琴，
草原的姑娘美如云，
父亲的草原母亲的河，
我也是生在草原的蒙古人。
青青的草地彩虹云，
嫩嫩的烤羊香木熏，
雕花的马鞍沁人心。
一曲敖包相会思，
一支热舞踩灵魂，
一壶老酒醉心飞，
一首美诗梦中随，
骑着骏马云追月，
我是蒙古大漠人。

一个美的城市文化客厅

深圳欢乐海岸，
一个城市客厅，
一个美丽的综合体。

五万可住独栋住宅，
四十年使用权竞卖八万一平米。
七十万平方米湿地，
项目总共也只有1.2平方公里。
湿地每日只接待二百五十人，
网络预订才行，
项目是旅游用地，
共两千多万的地价，
在成本中可以忽略不计。
二百五十多个商业门店，
餐饮先行，经营设计才容易，
策划，经营最艰难，
营运也是重要的。
项目的灵魂是创新，
商业，旅游，好住宅，
才能平衡好湿地。
空间布局是核心，
策划内容是灵魂是第一，
策划精准再规划，
敢出重金搞设计，
历史人文要出戏。
业态上高关联，
建筑景观要美丽。
什么主线？几个亮点？
故事线如何猎奇？

目标人群，市场细分，
一个个细节出大戏。
生态、文化怎么做？
土豪、专家大差异。
黑脸皮鹭举个例，
全球只有二千五百只，
这竟有三百五十只，
全球肯定是唯一。

金融客咖啡

金融城的人都喝咖啡，
喝咖啡的人都有梦想有钱途，
喝着咖啡听着信息，
众筹着钱，投着资赚着钱。
把一批志同道合的人聚在一起，
为了一个目的而奋斗。
共同思维，共同富裕，
形成一个思维市场。
企业家升华，
精神物质高度融合。
不在于有什么想法，
在于把想法变为现实。
渠道效益高，交易成本低。

赢得细分市场就赢得整个市场，
技术穿越制度，改革红利深厚。

走进凤阳

（一）驱车凤阳

驱车快速去凤阳，一路白杨衬香樟，
淮河之南飞禽地，六百年前帝王乡。
周朝楚国编钟美，千古濠州隋开皇，
庄子也系安徽人，高山流水出凤凰。
孤儿僧人讨饭郎，洪武明帝朱元璋，
濠州起义统中原，由南到北做帝王。
农民帝王写历史，泽东也敬朱和尚。

（二）中都皇宫

中都皇宫元璋立，如今只见遗址墙，
钟楼屹立鼓楼去，南京北京有红墙。
两京一都皇宫比，中都古城气势强，
建筑宏大规制全，既是爹来又是娘。

（三）明皇陵

元璋父母明皇陵，壮丽森严好威风，
石像威武数量多，姿态惟妙栩如生。
麒麟送子对狮醒，人马连体雕塑精，

莲花柱上莲花美，天马祥云踏云中。
石虎彪羊跪青石，文武一品官相生，
如意连环钦流苏，石道两边衬草坪。

（四）小岗改革路

农民改革发源地，孕育包干真精神，
托孤方式顶天立，十八血印小岗村。
冒死摘去贫苦状，春风化雨惊雷魂，
大包干呀大包干，直来直去不拐弯。
保证国家和集体，剩下留给我自己，
舍命抉择找活路，敢为人先脱贫苦。
家家户户住小楼，人人走上幸福路，
土地确权又创新，农民资产有证书。
规模经营精流转，续走小岗改革路。

滁州印象

（一）滁州印象

滁菊花瓣体育馆，政务中心矗对面，
滁州城市规划馆，简约立体图示盘。
高层住宅一座座，地产结构有缺陷，
高层太多低层少，销价四千难套现。
清晰规划好未来，城市明天目了然，
清流河水穿城过，南湖清澈映蓝天。

高铁空港加高速，立体交通气不凡，
四十公里到南京，滁陵同城可实现。
城际轻轨接过来，绘出两片艳阳天，
老城水城山湖河，文魂水秀山野鲜。
中都大道洪武路，东方影城也震撼，
投资占地三千亩，中西合璧项目全。
历史一朝建一宫，大明宫后太和殿，
罗马古代斗兽场，融合上下五千年。
中华世界千年道，千古建筑摆道边，
长城影视好模式，可做影棚又可玩。
公司拍剧多盈利，盈利建筑可循环，
好比两吃美龙虾，旅游拍摄紧相连。
生意不必笑土豪，最终看谁赚了钱。

（二）琅琊山醉翁亭

琅琊山上醉翁亭，欧阳修作自北宋，
遭贬派到滁州府，琅琊和尚建此亭。
醉翁亭牌苏轼书，寄情山水画秋风，
琅琊山谷翠清秀，香樟绿竹榉叶红。
三百多种美植物，负氧离子满山峰，
让泉*泉香酿美酒，有亭翼然飞檐冲。
酒国春长为醉乡，奇特雕梁不画栋，
亭中办公宋知州，边写诗来边办公。
醉翁亭记极美文，四百零一字字精，
学王羲之兰亭序，一组一景意在亭。

暗香赏梅影香亭，九亭八院古泉亭，
泉亭碑石梅五宝，篓溪石称石精灵。
悠悠岁月牵一线，小岗地标解农愁，
民国建筑现代园，四水相连看滁州。

注：＊让泉，《醉翁亭记》中的让泉，位于琅琊山中醉翁亭近旁。让泉“甘如醍醐，莹如玻璃”，又被称为“玻璃泉”。

2015 年 1 月

元旦在洱海喜洲

（一）清晨去大理

清晨去大理，先要过楚雄，
本意去静思，却步雾霾中。
先见大钢铁，又看大化工，
黄色狼烟起，毒烟舞升空。
七彩云南美，此段尽阴影，
一路黄土坡，不见绿葱葱。
一路破房屋，标语广告灯，
黑云抹不去，哪里见彩虹？
本是高原路，污染更贫穷，
前方云南驿，树绿蓝天空。
云中见碧绿，民宅见白墙，
不见黑烟筒，草甸现牛羊。

贫困自然美，保住好故乡，
为富毁山河，愧对爹和娘。

（二）洱海清晨打鱼船

清晨的洱海，
是那样的宁静，
只有静静的波纹，
在唱着千古的海歌。
洱海南边的山脉，
像一尊横卧的睡美人，
还在那天边沉睡。
美人的头顶，
已洒满了祥云，
预示着太阳公公很快喷薄而出。
海面上两条小渔船，
在大海上漂泊着，
渔人要打鱼换糊口的现金。
不是人类要吞吃生灵，
而是在这个宇宙中，
万古不变的法则是适者生存。
在人类的族群中，
也一样要互相争斗、吞吃，
也一样要强者活着，
也一样要适者生存。
农舍的炊烟又起，

这样才能繁衍生息，
才能有世世代代、子子孙孙。
美和丑、死和生是连在一起的，
没有生哪有死？
只是要建立适者生存的文明。
太阳像个火球跳跃出来，
人类呀，又开始新一天的生命。

（三）喜洲古镇观洱海看苍山

喜洲古镇关江村的农舍院里，
我坐在那发呆，
左边一脚踏进洱海，
右边极目远眺是巍峨的苍山。
山则苍龙叠翠，
海则半月托蓝，
苍山雪，洱海月，
苍山雪映洱海月
下关风，上关花，
下关风吹上关花。
太阳快落山了，我先画苍山。
苍山翠绿，属云岭山脉，
以云、雪、泉、石著称。
横卧叠嶂，浑厚，层次感强，
绵延起伏，千古不变。
高峰可以看到雪顶，

灰云上一道弯曲的缝隙，
射出道道金光。
苍山千古，十八溪，天龙洞，
感通寺，珍珑棋局，
花甸坝，三塔，蝴蝶泉。
层层变化的彩云把苍山洱海连在一起。
苍山山脉把洱海围合起，
洱海大而平静，
绿、黄、蓝三色，
是我见到的最美的湖之一，
风里浪花吹又白，
雨中岚影洗还青。
洱海，群山中的无瑕美玉，
湖水清澈见底。
苍山洱海的美，
天上的云要占一半，
一层层金色，一层层白，
一层层灰，中间还有一层层黑。
每一层一块云都是在变化的。
云卷云舒，朵朵棉絮，
写意泼墨，山海天浑然一体一色。
人类呀，
你是洱海中一条鱼，苍山上一棵草，
你太渺小了。
夜幕降临了，

洱海苍山的美又是一个迷人的景致。
天空是黑蓝色的，
一片片白中带紫粉的云，
簇拥着明亮的月亮，
久违的北斗七星又是那样清晰美丽。
只是苍山不见了，
只有一条隐约的轮廓线，
这条横卧的巨龙又睡了。
看洱海苍山，
我邂逅了一个非凡的湖，一座神秘的山。
每一滴洱海水，每一寸苍山石，
都散发着历史和自然的故事。
苍山，是威猛的高原男孩，
洱海，是宁静的高原少女。
想起清朝沈杰的诗句：
锦绣山川酿碧涛，东风着意荡春潮，
水天相接疑无岸，借助龙舟上九霄。

（四）洱海的早晨

为看日出，爬出被窝，
拿起相机、手机，
再看洱海天国。
太阳你在哪里？
只见山上的层层红云，
不见你欲出喷薄？

东方都大亮了，
鱼肚白，血阳红，
莫非你早已冉冉升空？
全人类都在看你，
暖球，光源和救星。
哇，美丽的太阳，
你从山峰的一个缺口爬出了，
金光万道，彤彤红红，
静静的洱海湖面，
洒满了金色，
我的脸庞、周身顿时暖烘烘。
洱海里的渔船，
向太阳奔去，
翠木摇曳，百鸟争鸣，
他们和我、人类一样，
都在欢呼雀跃，
都在向太阳致敬！
海边的农舍，炊烟袅袅，
洱海，我看到你生命的火焰和太阳共舞的灵动。

（五）小城大理

懒洋洋的小城大理，
南边的一湖水是洱海，
蓝色，安宁，没有浪花，
只有几只睡了的小船。

北边是雄伟浑厚的苍山，
青翠重叠地横卧在云间。
云变化多端，
灰白中打开了一道蓝。
大理古城已沉睡了千古，
古城外边，
已被成百上千个客栈餐馆围得水泄不通。
大马路边的小树，
在微风中摇曳，
街头上没有几个人，
想必多数人已在家中睡午觉。
这样一幅慢生活的油画，
这样一座懒洋洋的大理城，
我也要睡着了。

（六）双廊古镇

双廊古镇好街巷，太阳出来亮汪汪，
几里小街客栈多，土产小吃满街香。
披肩银器玉首饰，高歌白族好姑娘，
白色码头小酒吧，格桑云海梵尘家。
阳伞下面品咖啡，南诏观音护天下，
小船摇摇上岛去，南诏行宫好度夏。
民族舞者杨丽平，洱海豪宅沐海风，
青石悬壁凌空建，南国大理比海仙。

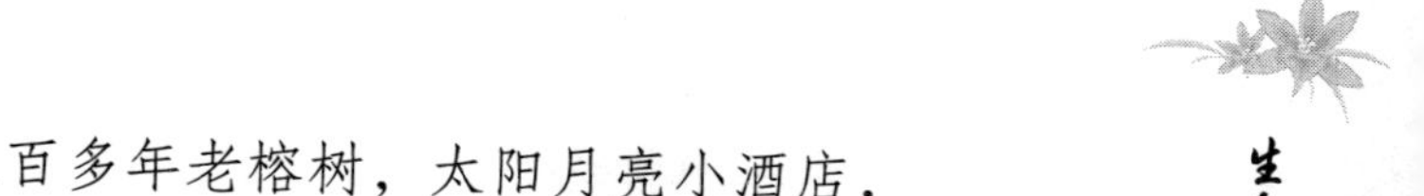

五百多年老榕树，太阳月亮小酒店，
人生得意须尽欢，只须战马放南山。

附：七律·奉向阳兄制诗一首*

十一居士　于广州

其实最苦作诗人，心力枉抛谁当真。
须发渐稀常自劝，性情尤烈总出神。
曾识乞酒独行客，却是写诗儒雅君。
今日相逢何可赠，原来痴语最为珍。

注：*时值元旦，广州十一居士看到晓光从大理发来的诗句，有感，赋诗回赠。

SEE 会员们，我的挚友

——写给 SEE 上海中心的会亲

你们给我第一次印象，
是那样有激情，
那样有责任感，
那样为人类的命运而敢担当。
十年的共同奋斗，时时刻在我心中。
想起 SEE 创立时，
你们每给我一分理解和支持，
我心中就心存感激和热血沸腾。

你们给我一个批评，
我心中就深感关心和动力。
你们给我一个赞赏，
我就更想当好宣传员、播种机，
回报 SEE 大家庭。
你们给我一座灯塔，
我心中就想起我最迷茫时，
你们给我的指引和光明。
我跟你们的每一次活动，
我是那样珍惜感动，
只恨人在江湖身不由己，
许多好的活动没能参与。
但你们每一次精彩的活动，
我都关注着，激动着，
我都想尽可能更多地参加、参与，
扬起更美的并肩奋进的风帆。
你们每给我一次鼓励和表扬，
我就心胸温暖，
感觉是那般甘甜，那样敞亮。
你们有时给我一句批评，
我把它当成逆耳的忠言，会亲的评判。
我多想飞过去同你们交流，探讨，
我多想在金鸡湖畔同你们切磋畅想，
我多想同你们观察太湖的环境，
我多想再同你们呼吸一下江南的空气是否新鲜？

参加达沃斯论坛

（一）又到日内瓦湖畔

到了日内瓦机场，
已经是下午五点。
天幕全黑了，
我们急匆匆地往洛桑赶。
车流量真大，
两车道的高速路，
哪有中国的宽？
同路人中的许多人，
是披着夜幕回洛桑的家园。
夜晚，进入美丽的洛桑，
日内瓦湖把日内瓦和洛桑相连。
仰望星空，
久违的满天星，
蓝黑色的夜空，
也还能看到白云朵朵，
只是朦胧中的云，
白中透着黑蓝。
湖边上白色、蓝色的光柱灯，
是那么宁静，
优雅得像玉的项链。

瑞郎升值近百分之三十，
对漂浮不定的欧元，
瑞士央行也扛不住了，
不再干预，
不再给欧元区免费的咖啡甜点。
东欧北非的流民、小偷，
也使瑞士明珠的光环多了一点暗淡，
有些国穷，有些国富，
但同在一个欧元区，
同在一个欧罗巴家园。
什么时候能没有贫富差分？
什么时候能打开国界的铁网？
什么时候能取消那万恶的货币铜钱？
进了入住的美丽湖岸酒店，
但心情并不美丽，
还在思考着那么多的担当。

（二）日内瓦湖赞

站在阳台上，
深深地吸几口甜甜的雪山小国的空气，
静默十分钟，
开始欣赏日内瓦湖的美景。
湖面是蓝灰色的，
静得让人不愿呼吸，
两只小船在湖面漂泊，

陪伴它们的是几只海鸥。
湖际连天的云，
才是湖最美的陪衬。
一层灰蓝，一层牙白，
又一层粉黄，
云舒云卷，
挡住了要喷薄欲出的红日，
这时看到了云的力量。
最美的躲在最后面，
这是人类、自然共有的特征。
湖边的小树苏醒了，
雪杉，樱花，地中海松。
野鸭在戏水，
鸟儿在欢雀，
人们在慢跑，
今天同昨天一样，
都是为了死亡前美好的生。
从日内瓦湖落地，
奔达沃斯论坛的雪谷，
十二年了，
这么执着地坚持着，
绝不是仅仅为看美丽的大湖。
世界经济的脉搏，
人类当下在想什么？做什么？
政要们的思维，

CEO 们的抉择，
社会发生的要情，
都深深地吸引着我。

（三）苏黎世郊外的雪

清晨，
我已闻到了白雪的味道。
这里没有高高的山脉，
棵棵雪松构成了松墙的雪峰，
天太冷了，没有鸟叫，
没有游人，也没有炊烟。
雪白的冰凌挂在树枝上，
要在树枝上趴着一个冬天。
雪像鹅毛一片一片从天上飘舞着，
晶莹剔透的小东西
又像拉开天幕的天兵天将。
空气变成雪，
雪又变成水，
水又养育万物杰灵，
万古千年，是雪水把人类哺养，
是雪水把万物浇灌，
让大地万古青常。
假如宇宙没有雪，
人类，万物会怎么样？

我写不出小资情调的苏黎世雪景，
伟人也写不出那气势磅礴的《北国冰霜》。

（四）走进达沃斯论坛 1

从苏黎世向东北部赶去，
那是雪山的达沃斯小城。
十二年前我第一次坐着小火车上山，
想着达沃斯论坛已吸纳首创作为会员，
心情有说不出的激动。
过去的中国企业家，
都在家门中能，
不敢在国际价值链条上循环，
更不敢想做全球化的英雄。
十二载过去了，
论坛上我们开始有了话语权，
国际竞争中开始有我中华企业英雄。
我们的总理大会讲演，
我们的企业家在分论坛上论争。
我们同各国政要交谈，
各主要代表团争相把我们邀请。
二千多个 CEO，
都是生意场上的高手，
二百多场会议，
让我们把世界的脉络看清。
2015 年的议程，

主题是危机与合作，
成长与稳定，
创新与产业，
社会与安全。
各国如何在气候、网络、贸易和投资上合作？
冒险过度，资产泡沫扩大，
资本外流导致资产贬值都影响着成长稳定。
中小企业是创新动力，
创新有哪些战略、行业和模型？
两极分化造成不稳定，
如何避免信任缺乏和动荡不宁？
性别平等，中国前景，能源现状，
数字时代，阿拉伯世界，基础设施，
危机中的民主、穷人困境、全球金融，
非洲拉美、日本前景、流行疾病，
青年就业、金砖国家、气候协议，
数字经济、多极化世界、俄罗斯前景，
欧洲复苏、北美增长、构建东盟，
地缘政治、重振贸易、解决不平等，
战胜隐性威胁，重建亚洲互信，
恪守底线，化解冲突，多元化红利，
多重论题，几个兴奋点，
跨界多元，林林总总。
这就是 2015 的达沃斯论坛，
除了把握世界经济的脉络，
还有多少看不透的硝烟？

（五）走进达沃斯论坛2

进山了，弯曲的山路，
满目挂雪的青松。
第一次迎着太阳进山，
蓝白分层的云，
没有鹅毛大雪，
没有路上的薄冰，
当然就会有个好心情。
达沃斯小镇的商业味浓了，
奥迪车的广告，
小镇标志的彩旗，
会期中多数小房子，
为了金钱变成了小酒店。
每次论坛开会，
房价就使劲地往上窜，
而且，一租就要租四天。
看来最吸引人的引力是什么？
哪都不变的法则，
那就是散发着铜臭的金钱！

一切围绕目标干

小平发言起波澜，引起大家真恳谈，

事起原因很简单，目标实现真艰难。
认识分歧不可怕，关键要讲真心话，
立项拿地和规划，前期情况太复杂。
大家心急缺沟通，影响效率争论大，
只要心中共识有，千难万难都不怕。
订好目标往前走，明确职责具体化，
有分歧讲透明度，争清辩明打天下。
大事股东要拍板，经营班子胆要大，
事事执行有效率，件件工作好卷答。
策划创意快出来，股东回答要及时，
千方百计摘土地，没有地权全白搭。
招商测算要快出，融资引资事情大，
小型项目干起来，必须先有初规划。
不怕投资有艰难，就怕思想分了家，
遇到难题及时议，全心全意为大家。
坦诚相处职责清，快推实事结果花。

2015 年 2 月

生日感慨[1]

（一）感激同路创业人

岁月如梭六十年，银丝缕缕忆当年，
想起当年创业苦，实践今日守业难。

感激同路创业人，打下首创好江山，
未来希望后来人，创造常青艳阳天。

（二）甲子吟

今天家人[2]吃顿饭，庆我六十甲子年，
多谢大家关照我，手足唇齿共暖寒。
人生知己没几个，星月银河艳阳天，
真想一世共比邻，幸福走过一百年。

注：1. 正值甲子生日，首创一些与之奋斗 20 年的老朋友为晓光过生日，感慨，感激，感动。2. 这里的“家人”是指与之共同创业的首创老同志。

（三）生日感言汇集*

今天兄弟吃饭，庆我甲子之年。
恭谢每位亲人，唇齿相依苦乐。
人生知己不凡，真想一生共饮，
真想同乐百年，创造幸福每天。
回顾老板往事，尽显大家风范，
未来甲子之后，构造崭新起点。
练身体节奏慢，能不干就不干，
聚贤五湖四海，相同兄弟情谊。
继相聚三十年，老板包容和善，
影响能力才干，意志坚定刻苦。
走遍万水千山，感情无法表达，
一生一世喜欢，集团创始大哥。
跟着刘总幸运，领袖激情浓颜，

难言人格力量，爱恨交集老板。
奋斗苦海风浪，千古无悔无怨，
留点燃油为己，点点自己福蜡。
央行都已降准，老板你还拼啥？

注：＊这是汇集生日聚会上大家的感言。

附：贺晓光六十生日　　何前

这三年蒙您关照，受您恩惠，内心感激不尽。近日再读您的诗集，并将主线略做整理，提前恭贺耳顺之喜。

（一）人生

江山美似画，岁月艳如虹。
西疆练兵誓不还，北戴观海叹殊同。
南拓水乡锦绣路，东极妈祖跃九重。
亚布力上神兵降，阿拉善盟问苍穹。

（二）首创

市场论英雄，首创当先锋。
两轮驱动盘存量，千里决胜尽从容。
喜战巨头比韬略，抢夺资源步履匆。
改革立业开天地，创新树魂百岁钟。

（三）世界

世界无极限，往来数风流。

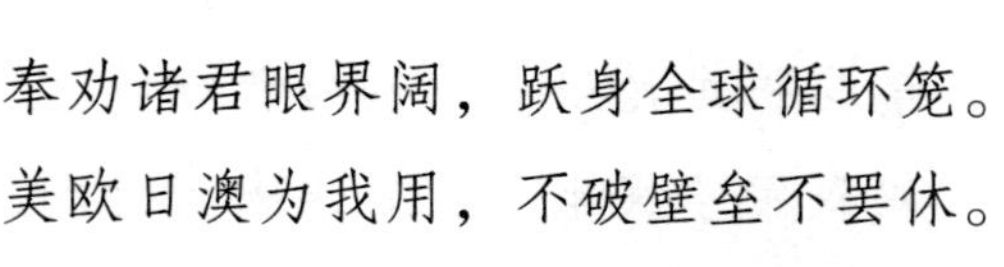

奉劝诸君眼界阔，跃身全球循环笼。
美欧日澳为我用，不破壁垒不罢休。
赚得知己满天下，老少俊杰俱堂中。

（四）公益

公益掌帆舵，万千飞鲲鹏。
衣食丰裕今实现，名利淡泊早看空。
沙漠一跪人心动，奔走高呼为大同。
宜居和谐中华梦，肝胆沥血邀寸功。

写给小强* 六十生日

改革之初相遇，北齿并购举旗，
经济日报闻评，市场经济确立。
九十年代并肩，创新期货交易，
风雨同舟几年，金融期货鸣金。
突遇巨波海浪，你我各奔东西，
怀柔山谷漫步，陪我消除心疾。
又是一条汉子，市场浪潮昂立，
你去大连任职，我在北京崛起。
闲时海边饮茶，忙时通个信息，
每当遇到大事，哥俩坦诚争议。
历尽沧桑苦难，你我各撑大旗，

情同手足兄弟，刻刻唇齿相依。

双双甲子庆生，谋好未来大计。

注：＊小强即中国金融期货交易所原副理事长武小强，两人同年同月同日生，每年一同过生日。

粉红色的生日晚宴

——再写给三个资深美女和老伴

（一）终于又等到了这一天

终于又等到了这美丽的一天，
四个女人又给我过了一个
粉红色的生日晚宴。
人生进入了甲子年，
有多少粉红色的回忆？
又有多少粉红色的期盼？
这是一个寒风刺骨的夜晚，
走进生日的厅房，
一股股热流，
把我的心房充暖。
银色吊灯是那么明亮，
雪白的墙壁上，
映出了宋词的古香。
七彩气球贴在墙上，

大红的寿字剪纸秀丽，
描绘了我奋斗一生的华章。
草绳系着生命中的英雄本色，
高雅的火鹤、马蹄莲、白玫瑰，
让我一下感觉到四个女人的心洁体香。
梁老父为我画的延年墨鹤，
黑白相间红顶长脖，
给了我长寿人间的快乐。
这一切，都是梁教授的精心大作，
幕后另一策划是小齐，
这无须去猜去测。
刘菲和晓华大姐，
笑眯眯地看着我。
先喝一杯生日红酒，
品尝我在粉红晚宴的幸福，
“我眼眶有些湿”，
我喃喃自语地说。
桌中间是甲子蜡六个，
摆成了一个心形，
寿桃，吹蜡烛，许愿。
惊涛骇浪中的男子汉，
激情四射的光哥，
商人群中的极品，
魅力淳厚的善良人。

她们这样评价我，
我又是那样开心快乐。

（二）最美的回答

我深情地问这三个资深美女，
和与我同甘共苦的老伴，
对我进入甲子年，
有个什么样的评价？
大半辈子了，
除了事业和声誉，
我还能在乎啥？
感动的是，
她们都给了我最美的回答。
我又像孩童一样地问，
你们给我的生日礼物又是啥？
屋中的生日礼物，
和那典雅绚丽的晚宴，
都是我们的心心愿愿。
平时大嗓门的梁教授，
小声，不好意思地这样回答。
她真是粗中极细，
为我的生日铺满了幸福的鲜花。
这位女汉子教授，
还深情地送了我三十二个赞，

人格情怀品位，
胸怀智慧修然，
顽皮善良达观，
鹤立尊贵傲慢，
亲和战略战术，
爱家爱企爱国，
胸装世界天下，
永久财富属他。

（三）让我心灵出鞘的评价

小齐求米南阳大师，
为我把大义彩虹之词写下，
她费了多少心思，
她是怎样打动了大书法家？
她一共跑了多少次？
她为我鼓与呼，
又多少次做了这样高雅的筹划。
那位安静如水又柔中有刚的晓华，
含笑轻声地对我说：
我送你的是两首诗，
字字是黄金，句句见精神。
“晓光六十岁”，
写我浪漫天真童心，
精力过人勤奋，
创业含辛茹苦，

真诚做事待人。
写我商人头脑，
诗人灵魂，
画家情怀，
企业家精神。
写我日日精彩，
写我那样的活法，
才如仙如画。
多刚劲秀丽的书法，
多贴切才溢的诗话，
你们是多么懂我，
可以在灵魂尖上，
做出让我心灵出鞘的评价。

（四）老伴送我百字令

老伴精心为我，
写了一首百字令，
那爱那情那希望，
全在严谨的百字词中。
“愿，
老伴，
花甲年，
心随所愿，
疆场风雨远，

夕阳霞光仍炫，
象牙塔里英华闪现，
泣血首创声威国际凯旋。
千里奋蹄终有闲，
一生跌宕无怨，
当归田园，
心不倦”。
细读罢，泪已湿衫，
一首百字令，
刻画出我激情几十年。
一首百字令，
写出了心有多高，
量出了我血有多热。
一首百字令，
又告诉这个世界，
谁最懂我知我疼我。
三个资深美女和老伴，
人间没有过不完的生日，
只有时光限制的生活，
要么生的伟大，
要么天天精彩地活着，
虽然人生苦旅踱步，
但有知己亲朋，
就有幸福长河。

亚布力论坛路上

（一）严冬俯瞰牡丹江

灰灰云朵层，没有夕阳光，
雪田一块块，雪屋有矮墙。
高空看雪乡，缕缕炊烟黄，
深山雪中翠，卧岭孤草黄。
林中威虎山，夹皮沟不见，
已无杨子荣，老虎进虎园。
牡丹江上亮，冰雕矗彩墙，
夜空无银河，久违寒月亮。
未到亚布力，我已饿断肠。

（二）一万年的牡丹江

从亚布力回京，
匆忙地看了牡丹江。
万年前火山爆发，
形成了堰塞湖，
今天的镜泊湖，
留下一片美丽汪洋。
七千年的人类史，

描绘了人类进步在牡丹江。
唐代的渤海国，
上京龙泉府，
千年文化历史的波涛流淌。
百年前，
我们前辈还留着长辫子，
沙俄已修建远东铁路，
从那时起，
把近代城市建设的汽笛拉响。
商周莺歌岭文化，
六耳铁釜是那么实用漂亮。
唐代渤海国文化，
粟末靺鞨人，
五千里国土，
十五府六十二州，
数十万户人家，
海东盛国，塞北长安，
造型美丽的石灯幢，
也真可称大国泱泱。
辽、金、元的时代文化，
那时有东丹国，
府镇许多迁往契丹，
镜泊湖珍珠门遗址，

后起的陶瓷之乡。
清代宁古塔流人文化，
明朝加强统治东北的伎俩，
建州女真人满族人的兴起，
为抗沙俄，保龙兴之地的安宁，
一批批汉族文化流放人
涌入了龙乡牡丹江。
现代的闯关东文化，
游击浴血的抗联文化，
八女投江的民族气节，
还有北大荒知青文化，
描绘出东北人泣血画卷。
牡丹江你有什么？
几千年的文化才是瑰宝箱。
镜泊湖，牡丹峰，威虎山，
青山翠，白桦林，红杜鹃，
温泉，滑雪，
还有炊烟袅袅的美雪乡。
文化加旅游，
才是动人的牡丹江。
增加小型现代主题公园，
打造旅游线路闭环，
用国际视野运作，
把文化旅游的金锣震响。

球　场

早晨驱车奔球场，秀美西丽尽艳阳，
青青绿草红棉树，扇扇棕榈金凤凰。
南风拂洒斑竹泪，荔枝林下杜鹃香，
小湖里面鱼儿跳，森林小鸟歌声亮。
远望塘朗青峰翠，蓝天白云碧水长，
民居小屋炊烟袅，山间别墅富人飘。
山地球道起伏大，挥起银球心都慌，
红衣球友怀绝技，一杆打进我家乡。

我们春节也探家

除夕女儿看爹妈，初二我们去看她，
千万儿女看父母，父母春节也探家。
英伦岛上十二年，留学工作闯天涯，
爹妈隔年去探望，横穿苏俄过贝加。
爹妈深情云端见，飞越欧洲跨海峡，
英国小镇拜德福，不让探视女校严。
当初妈妈送女儿，一周都未见丹丹，
天天逛街盼周末，相见时刻含泪花。
考进伦敦政经院，学府无墙自由花，

可惜妈妈教学忙，爸爸更是没时间。
女儿考进汇丰后，爸爸偶尔能见她，
上市路演遍欧美，汇丰总部碰到她。
那年女儿办婚事，市政厅绽玫瑰花，
爸妈同机共抵达，只为女儿体面嫁。
丹丹创业回港深，南北奔走小飞侠，
妈妈常常午夜接，苦了女儿累了妈。
爸爸贴身小棉袄，妈妈心中放不下，
全家生命延续者，安康之源幸福泉。

2015 年 3 月

净化修复细胞真苦

早上七点来到工作间，
开始三十三天的细胞修复。
小蔡，小赵，小武，
为我那么辛苦，
指导修复的李医生，
准备药物安排病房，
为病人做了那么多付出。
一小时一次水剂的营养素，
不能吃肉、蛋、淀粉，
十四小时要刮肠饿肚。
真后悔没大餐一顿，

就开始饥饿旅途。
空腹饮生之源液，
细胞环保水，
燃脂胶囊、代餐小饼干，
再加舒肠素。
实在饿得受不了，
可吃块无糖黑巧克力。
一分分，一个钟，
熬到中午心慌头蒙，
血糖只有4.3，
历史哪有这场景？
下午又是这样，
血糖5.3
赶紧吃了块巧克力，
才算压住了饥饿、难忍的惊！
挨过饥饿的人，
才懂得大餐的美好功能，
还有三十二天，
我又怎么才能闯关迎彩虹？

2015年4月

清明观月

清明之夜观星象，坐在湖畔看月亮，

今夜月亮半牙红，红天红云映红墙。
千年百岁才一次，鱼跃鸟鸣玉兰香，
百家灯火黄配红，想起当年红海洋。
大海航行靠舵手，怎敢妄想住洋房？
发展不是硬道理？红月之下穷村庄。
为了吃顿红烧肉，饿肠饥肚度时光，
没有改革开放日，哪有今朝金穗黄。
爹娘苦挣工分日，逼出血印泣小岗，
只有红月无财富，人民会信革命党？
只有红月加面包，国梦有车又有房，
多想亿万中国人，村村落落美富强。

清明思想

（一）

清明无雨雾霾常，高速不高停车场，
扫墓常祭亲情记，圣人也终去西方。

（二）

春满京城樱桃花，青柳白杨透朝霞，
民舍炊烟刚吐露，墓地排队千万家。

（三）

风景清明时，万里白云天，

玉兰辞旧日，户户烧纸钱。
万恶是货币，是非满人间，
阴宅也暴涨，影子比人间。
虽有青草绿，哪有净天边？

又回晋中

三年岁如梭，今又回晋中。
当年黄土台，今日大学城。
师生十五万，太晋同城亮。
孵化新英雄，未来一颗星。
一路一带热，何不投晋中？
一个好班子，担当意识清。
政企同策划，平台先造成。
三化一体好，综合投环境。
引进大集团，专业化运营。
打造好机制，政企可双赢。
探索好模式，复制到全省。
就像播种机，杜鹃遍山红。
小鹏省长说，选择晋中行。
前景很广阔，太晋是同城。
优质项目群，颗颗是金星。
左手科技带，右手汽车城。
科研大学多，央企自京城。

可持续为先，绿水青山峰。
金山银山要，调整清洁能。
山川国土秀，汾河整治中。
生态美乡村，减排蓝天空。
欢迎首创来，起步在晋中。

2015 年 5 月

海南临高金沙滩

（一）龙波湾金沙滩

海南西线龙波湾，又是一个碧桂园。
距离海口百八里，蓝海白浪金沙滩。
大陆最近临高角，解放大军险渡船。
白云天涯空气鲜，大批京客新家园，
亲朋扎堆买小屋，冬天飞来候鸟雁。
躲开严冬沐阳光，天天看海心飞扬，
一群知己共欢颜，都想活过一百岁。
千军万马下海南，碧桂园建金沙滩，
洋房别墅大酒店，占据十里金海岸。
别墅平米一万四，高层公寓也近万，
百平米下小户型，中产阶级可承担。
人人渴望观海浪，海涛化羽终成仙。

（二）金牌湾

海鲜公园金牌湾，生猛海味鲜上鲜。
三年未品南海鱼，绿骨青衣嫩又甜。
女儿掰开红花蟹，小苏剥虾放我盘。
尖椒鱿鱼通心菜，茄子紫红萝卜白。
一锅白粥清清口，几块腐乳化汤圆。
把酒痛饮沧海泪，多想儿女在身边。
夏日随我天山行，冬日陪我画江南。

（三）心怀敬意临高角

心怀敬意临高角，四十军攻海南岛。
没有空军和海舰，木船浴血浪滔滔。
东北猛虎蛟龙渡，十万将士把橹摇。
血染军旗破伯陵，军中四野属天骄。
烈士雕像立海峡，红旗万古浪中飘。

（四）一睹东坡载酒亭

傍晚追着红日头，满目碧翠到儋州。
东坡谪居私塾里，讲学明道中原厚。
书声琅琅弦歌起，人才蔚起进士秀。
八角飞檐载酒亭，鱼与亲人自然中。
客来踏遍珠崖路，为睹东坡美诗风。

（五）千古风流苏东坡

一家父子大文豪，千古风流苏东坡。
壮美诗赋传千古，更有峨眉比高说。
四川苏家三苏祠，开封左厅有东坡。
西湖苏轼命苏堤，合浦东坡又一厅。
惠州六如美河湖，名宦祠院定州落。
北宋时期旷世才，卓越无匹流放客。
光芒雄视百代颂，文采盖过大宋国。
遇事敢言迭贬逐，雍容旷达超然乐。
自成风格具灵性，词赋已知悬明河。
字字千金挟风雷，句句铿锵震古国。
文人墨客续千古，丹青俊笔赞东坡：
“天地秀灵无不有，我生自愧尘三斗”。
有云大笔追秦汉，更赞雄篇接杜韩。

（六）古盐台

千年古盐千年咸，引海拌卤晒海盐。
墩墩盐台像砚台，一勺海水一粒盐。
人生卤水多咸苦，咸苦制出生命盐。

（七）洋浦曾是风向标

洋浦曾是风向标，党内两派明争吵。
土地批租熊谷组，五星红旗落地了。
革命先烈血染红，红色江山变色了？

仅仅卖地使用权，就会易帜改江山？
法国卖我永久地，十万一亩价格廉。
贫穷土地千古睡，鸟不留来雁不归。
引进外资生财富，民有钱财国有税。
开放才有财富路，土地之母才兑现，
左倾妄言害国民，本质要毁好江山。

（八）龙波随想

龙波奇热衣湿粘，人头攒动自助餐，
客人太多服务差，想喝白粥没有碗。
餐后出门抽支烟，匆忙走去海滩边，
幢幢别墅无人住，青椰绿草诉海乡。
得益改革开放举，中产阶级买洋房，
没有小平致富令，哪有渔村富海疆？
人民私产不挂钩，怎有江山万年长？
海南蓝海云南绿，全国人民新故乡。
海滩一块少一块，绿谷生态高负氧，
千年沉寂穷渔村，幸福小镇新天堂。

我站在高高的天空上

我站在高高的天空上，
太阳在西落，
一层层薄云，一层层金光，

光照着云，云裹着雾，
雾又罩着光。
眼前突然飘来的云，
像一群群雪白的羊。
大地上沉睡的河，
已经不会像银蛇那样舞动，
大地上老旧的秦砖汉瓦房，
许多还像一千年前的一样。
只是破瓦上多了一些天线，
只是小城里有那么多冒着黑烟的厂房，
只是青青的田野上不再青青，
只是村边田边多了垃圾的肮脏，
只是整个大地都像在冒着青烟，
只是出现了雾霾笼罩下的混沌图像！
大地你还是母亲吗？
你的乳汁已不再甜香。
山峰你还是父亲吗？
有毒的气物已充满了胸膛。
那么多妈妈得了肺癌，
那么多孩子失去了健康。
我思念千古前的蓝天白云，
我思念千古前的河流村庄。
我憎恨万恶之源的商品货币，
我向往能看金星银河的美丽家园。

我期盼天空天天下倾盆暴雨，
时时洗刷净父亲的胸膛，
我想给大地盖上一个玻璃盖，
刻刻呵护好母亲的乳房。

生命的远方

是男儿就要走向远方，
走向远方是为了生命的辉煌！
你一生都在奋争着向远方，
因为你有太多太多的彩虹梦想。
除了儿时的蹒跚，
年少时的冲撞，
愤青时的懵懂和彷徨，
你的远方路上是那样艰辛坎坷，
那样跌宕急浪，
甚至有些凄凉！
但你不悔生命的远方，
远见，执着，勤奋，
开朗，忠诚，善良，
一步步在沙漠中匍匐，
一步步在浪尖上奋力坚强。
无声守护着信念，
呐喊心中彩色的梦想，

做大做强恪守的一方基业，
哪里在乎世事沧桑！
泣血的历程，
苦酒的品尝，
鲜花的喜悦，
永不言败的志向！
六秩已经过去，
远方依然是远方，
儿时的梦不再彩色，
心中的路也不再彷徨，
坚持向远方，
从星星到夕阳，
掠过一处风光又一处风光，
追随更美丽、精彩的生命辉煌！

百战归来到绍兴

（一）到绍兴

踏着月色夜蒙蒙，百战归来到绍兴。
想住水上古民居，想喝醉人女儿红。
商人骄子属范蠡，大理学家王阳明。
下榻宾馆围湖上，馒头山下进竹岭。
宛委山中瑞霭堂，九九黑瓦彩云中。
古民建筑女儿窗，三从四德灭人性。

怎奈千古恶文鞭，千万寡妇葬英雄。
今日考察书院地，期盼满山杜鹃红。

（二）读书节

顶着烈日进绍城，约好市长绘彩虹。
全国首个读书节，办在越国*行不行?
精神文明新地标，中华文化神州行。
筑我家国软实力，聚我炎黄子孙情。
展示绍兴美家园，编织金融文化梦。
保护智权财产权，技术创新尽英雄。
共同办好阅读日，才是千秋万代功!

注：*绍兴有2500多年建城史，春秋时称为越国。

（三）绍兴考证

绍兴远古七千年，石器时代献光环。
河姆文化放光彩，良渚文化多璀璨。
人类最早采矿石，冶铸青铜技术先。
祖先制印纹陶器，农耕生活好平安。
人民山居鸟田利，大越文明振江南。
二千四百多年前，三代越王被杀完。
越王兴兵伐楚国，反被楚国伐杀战。
越王进贡犀角象，勾践卧薪又尝胆。
苦作人质足三年，灭吴雪耻艳阳天。
兴邦立国重耕战，青铜农具兵器剑。
铸剑大师遍越土，吴戈越剑震江南。

酒后的真言

（一）

今日同德彪吃饭，
还有晓鸥、树全和江南，
历史可以追溯到三十年前，
晓鸥在工业处，
同我去平谷看采金线。
八八年时就认识了江南，
他在旅游局，
我负责批外资酒店。
都是老友亲人，
忠诚情怀到永远。

（二）

想起灰暗的九五年，
德彪陪我游东河，
到丰城走高山，
2000 年见到树全，
冲着他的忠诚，
我从内心中喜欢，
最艰难的时候，
他坚守岗位没有背叛，

他们是我的挚友，
我已印在他们的心田。

（三）

这份沉甸甸的感情，
将一直陪我到永远，
这颗颗忠诚的心，
永远通红、纯洁灿烂。

2015 年 6 月

又回我的家乡——定州

高铁的商务车厢，是那样舒适明亮。
飞驶在燕赵大地，点燃着我的梦想。
家乡是中山国都，家乡有千年古墙。
家乡是人生之源，乡愁是血脉梦想。
祖上在这里繁衍，父母在这里出生。
含泪别父老亲朋，走向新革命战场。
我没出生在这里，血脉根深在家乡。
家乡的黄土贫地，家乡的绿青纱帐。
家乡的片片油菜，家乡的棵棵白杨。
家乡的民居炊烟，家乡的小河池塘。
家乡的物质贫困，割不断我的梦想。
家乡的自然纯洁，永远会让我忆想。

我想着父老乡亲，我惦记家乡富强。
没什么荣归故里，只有那心中希望。

雾灵山黄崖口

黄崖口上杨家祠，烽火台矗狼烟中，
险峰之上古长城，版图隶属北京城。
皇太极帝未攻破，皇家园林百年封，
平民百姓禁入内，后龙禁地八旗兵。
燕山山脉最高峰，雾灵山中高负氧，
动植物有七千种，夜夜抬头北斗星。
水关长城水墨中，潺潺小溪湍湍流，
戎马征战苦半世，吟诗作画居云中。

我将伴你走遍祖国大地

——写给老伴和我退居二线之际

退休了，我将陪伴你走遍祖国大地，
我还要陪你和儿女到国外度假去。
走遍天下是为了新生命、新康旅，
更是为了对老伴对儿女的补偿。
三十三年的日日夜夜，

回忆起来有多少欢乐和佳话？
也有多少遗憾和愧疚的年华。
从生丹丹到她中学长大，
我那时还能眷顾着家，
公园中拉着丹丹玩耍，
一周中还有几顿老伴做的饭吃在家。
后来官大了，应酬多了，
工作忙的把命往里搭。
想实现高远的自我价值，
也想过当副总理，
在广场中纪念碑下，
讨论改革大计，
议论工农、民族及开放的新中华。
要实现胸装天下大志，
就要拼命地干，
现在想起来是那样傻。
那时还没有高血糖，
那时已有了高血压。
九五年的北京事件风波，
把我的政治抱负吹成黄沙。
我气愤，我无奈，
我要争口气，
就这样走向了更加苦难的商人生涯。
没有资本，没有资源，
没有品牌，更没有生意的垄断。

为了雪耻，我奋斗付出，
几乎分不出黑夜白天。
一年在飞一百六十二天，
有时来回只用了四十八小时，
一个月在家吃不了两餐饭。
我把国家的事、别人的事，
当成了自己的事，
每天的奔波是为了国家，
为了别人和首创的生意源。
生意越做越大了，
名气越做越值得炫，
全世界都知道我，
但自己的身体一年差于一年。
退休了，终于解放了，
我要治疗，我要休养，
我要安静，我要排它。
我要陪着老伴走遍祖国大地，
我要一家人去世界游玩。
我要追回逝去的天伦乐，
我要体验同亲人共游的幸福年华，
我要坚持锻炼治疗，
我要休生静，
我要为自己江湖再战，
我要和家人追逐阳光灿烂。

上海的早晨

从波特曼酒店窗口，
好奇地向外望去，
梅雨时节的天空，
怎么像北京的雾霾一样?
那样混沌，那样朦胧，
大上海这幅画真像，
真像用铅板画的那样。
前面是五十年代建的展览馆，
同北京苏联老大哥建的一个样，
东边是2000年后建的恒隆广场。
陈启宗是个好商人，
那时就对上海抱有那样多彩的设想。
南边的石库门难看的新式别墅，
都展示海派小资产阶级的希望。
再看看皇城北京，
已成雾霾的原乡。
古城墙已拆了六十年，
变得越来越少的是四合院。
在地图抹去的崇文宣武，
已经败落了的琉璃厂、国子监。
紫禁城还雄踞在中央，

大鸡蛋，大裤衩，
皇城已经成了超现代建筑的实验场。
官府的高楼，
大院的铁篱笆，
有拿着枪站岗的军事大院，
还有许多没有门牌号的豪门深宅。
皇城有许多货币买不到的东西，
那就是威严、地位，
另一只看不见的手，
那就是超越货币职能的权利货币。
再过五十年，
上海北京又是什么样的容颜风范？
应当有震撼的未来和当代多彩的中国文化，
应当绝不仅仅再是钱和权！

七上黄山

（一）踩云踏雾上黄山

云古索道白鹅岭，千六海拔锦绣中，
沉沉天际雾蒙蒙，冒雨前往始信峰。
只见秀美山轮廓，不见奇石刺天空。
华箬竹*林灌木层，吱吱八音鸟乐鸣，
巧石怪石山头松，远望峻峰鬼谷功。
万古惊雷瓢泼雨，刀峰缝隙满青松。

踏上石阶坐滑竿，颤颤悠悠苦攀登，
十八罗汉朝南海，滑竿哨子信天翁。
探海松下望南海，邻里松下金锁情。
黑虎松前雨公松，黄山一绝多怪松。
笔架山旁骆驼峰，梦笔生花青云中。
十步台阶一幅画，支支墨笔自天公。
仇英焦阴唐伯虎，李杜诗篇振彩虹。
西海细观团结松，天有惊雷待天明。
高山水司兄弟亲，方总相聚帝王城，
把盏敬酒话青山，心中永忆西海情。

注：＊华箬竹是竹子的一种。

（二）黄山记忆

八二农村调查中，顺路黄山登险峰。
轮船甲板打地铺，贵池乘车穷学生。
红烧笋片真解馋，双腿登上飞来峰。
夜晚租件军大衣，咬着面包迎着风。
木板床上熬一夜，为看黄山太阳红。
不敢行走鲫鱼背，好在登上天都峰。
进山泡次温泉池，怎料被人偷眼镜。
高低不平进上海，买张站票回京城。
一九九六休假中，再次登上黄山顶。
那时已是企业家，有权有钱好威风，
南线索道已修建，只是排队烦心等。

下山泡在翡翠谷，清泉艳阳闲意浓。
后来几次急匆匆，忙里偷闲会议中。
一次坐在滑竿上，颠簸一路脸通红。
这人说你南霸天，那人说你有臭铜。
当时已有腰腿病，难忍叫骂讽刺声。
贫富差距像干柴，干柴一点烈火熊。
后来名声不断升，脱离游人富贵行。
只靠双眼观美景，少了登山健体行。
这次青年小论坛，有幸再次上美峰。

（三）下山行

清晨西海景不见，白云苍苍雾弥漫。
马银四照天女花，粒木椴里红杜鹃。
松林谷中空气香，山风徐徐雨珠涟。
西海峡谷排云亭，迎客松迎贵客见。
千石台阶光明顶，莲花山高攀登难。
一步一景画中画，入胜亭前杜鹃潭。
坐滑竿时游人言，时代变迁人言变：
坐轿子人真舒服，抬滑竿人有多难？
咋跟皇帝一个样？又是一个大老板。
下山天晴亮四海，缆车望去莲花山。
翡翠人家马头墙，雄姿英发振江南。
彩池群晶明翠绿，天下第一丽水源。
飞瀑踏波情爱地，飞流直下海蚌滩。
层岩交叠花镜池，翠池出浴杨玉环。

嵩山下写给老友

友情四十四周年，离别几年又见面。
心忧心喜知我者，青松白雪忆天山。
兴酣落笔对烈酒，诗成笑傲思山南。
晴空群鹰云端上，讴歌友情后峡山。
天长地久无尽时，此情绵绵岁月甜。
年年岁岁相思念，岁岁年年见时欢。
相见时难别亦难，搀扶也能爬嵩山。

挚友林建兴

今晚特别高兴，
因为请我们到豪宅吃饭的
是香港挚友林建兴。
在半山上我看着大海，
想着近三十年前的林先生。
那时他在 ING，
油亮的偏分头，
一身好西服笔挺。
有一次上游艇出海，
他穿了一件绿休闲衫，

是那样有活力，
那样年轻自由。
那时他在 lNG* 商行做欧元贷款，
手里也有那么大的权利。
他谦虚，他温善，
他不像私利太重的港仔，
他像个温文尔雅的银行家，
他在我心中是个做金融的青年英雄。
我们做基金，
建兴在默默地指导我，
我们收购 3989，
为我们策划顾问最多的是建兴。
在建兴的家中，
他拿出拉菲，南岸的红酒，
鱼翅，鲍鱼和烤牛肉，
吃饭是次要的，
最珍贵的是林先生的那份真情，那个笑容。
杯杯红酒，浸透着建兴与我们的情怀，
杯杯红酒，见证了林先生的爱心和忠诚。
我们是一辈子的朋友，
我们要共同创造未来牢不可破的真情。

注：＊ING 是全球排名第 11 大的资产管理公司——ING 荷兰国际集团（International Netherlands Group）。

2015 年 7 月

上海看病

（一）新天地的遥想

先看一大会址中的党，
又把上海新天地逛，
老石库门改造成新天地，
罗康瑞真有文化梦想，
拆旧还旧石库门房，
多大的拆迁成本？
经营什么才能算过账？
不知是哪一方策划高手？
他们把什么内容往里装？
建一个时尚的地标，
把酒吧画廊西餐等顶尖的国际品牌店，
统统引进到上世纪三十年代的石库门房。
这里成了新的文化时尚中心，
很多人逛这里，
先看、先品历史屋中的食品、时尚，
再去看看中共一大时的党。
多精彩的政治、商品、时尚的组合，
多懂中国官民的心理构想。
当然还在太平湖盖了那么多高价豪宅，

看来更懂打包赚钱的，
是那些周身都滴着铜臭的港商。

（二）从渔村到大都市的沧桑

——看上海规划展有感

冒雨赶到上海规划展览馆，
海派的展示太小气，
哪有现代国际大都市的范儿！
先应让人看到历史建筑的立体模型，
再展示现代上海的巨大现状沙盘。
多是纸质的单体图片，
多是碎片式思考的片段。
但上海毕竟是国际大都市，
五十分钟我已领略到上海的沧桑巨变。
城市开启于近代，
历史却悠远。
唐设华亭县，
宋设上海镇，
元代置上海县。
盛于明清，明城墙宽，
成为远东最大的城市，
是源于开埠后的1843年。
明代方滨风貌图，
1860年土路杂草的外滩，

几幢小矮楼，
和几十艘停泊在江边的木商船。
1908 年行驶的有轨电车，
1910 年的新理查饭店，
还有那气势的马勒别墅，
享有盛名的哈同花园。
1911 年的南京路上，
都是头顶几角亭的小楼景观。
跑马厅主看台的外国男女，
在中国眼中是那么新鲜，
三十年代的肇嘉浜，
臭气熏天的蕃瓜弄棚户，
又浸透着千古流长的苦难。
现代的大上海，
新建筑千千万。
这是世界设计的实验场，
这是海派的智慧和商业超前。
十六铺码头餐厅街，
看着静静流淌的浦江，
江那边军刀大厦，
好像一道凶光在闪，
最高的上海国际大厦，
又像擎天柱一样试比蓝天。
汤臣一品的房价早就达到十一万，
徐荣茂的滨江世贸大厦，

又是赚得钵满肚圆。
上海呀，你是大海渔村，
上海呀，你沧桑巨变。

（三）葛医生给我看病

晚八点飞机降落在虹桥，
我从京赶来看葛医生。
他曾经有个政治犯的家庭，
他本人学的却是机械航空。
艰难的岁月，
让他从医钻研，
学会了治重症难病。
他是科学的医生，
他用德国的体能测试仪，
先检测你的心肝肺，
再查你的血液癌症情形。
一边测，一边调剂药量，
看怎样保肝？
怎样适合你的体能。
开始吃药了，
一次从15CC到30CC，
容量不多，药劲还真行。
开始头有点蒙，
后来是手、头微烧，
然后是肚子咕噜咕噜，

一次次拉个不停。
那小量杯中的药，
紫红带着酒味，
这是药力？这是反应？
这是葛教授的心心血血，
这里浸透着葛教授的生命。

（四）南京路步行街的记忆

步行街看南京路，永安友谊一百货，
凤祥银楼是金楼，大世界里游乐场。
百乐门中歌舞厅，鼓乐声后有东洋，
亨得利楼老表店，杭州剪刀张小泉。
和平酒店一百年，东边浦江热外滩，
蔡同德堂老药店，卖毛线的恒源祥。
南京路上好热闹，人头攒动如水潮，
南京路东新商业，工商文明百年啸。
那是一九六六年，全国风起串联潮，
我和我哥走江南，购买回力白兔糖。
那是一九八二年，我和刘菲下黄山，
路过上海南京路，结婚用品采购忙。
全靠双腿来丈量，人流熙攘头生烟，
买张站票上火车，吃尽苦头回家乡。
那是一九八五年，当了经理生意忙，
南京路上找百批，上海家化商品香。
住在远东小酒店，没有空调四人房，

吃尽求人购货苦，祖国大地是故乡。
那是一九九二年，上海浦东搞开放。
我已为官来学习，错失拿地尽瞎忙。
闲时再逛南京路，商业街上还那样。
那是二千零五年，步行街已大变样。
除了百年老字号，座座外资新洋场。
上海开放气势大，世界城市看浦江。

晨　思

早上，太阳还温和，
安静地坐在院子里，
看着近近的远方。
别人家的幢幢小房子，
美加风格的，托斯卡纳式的，
天空还算蓝，
只是有一点点雾霾。
小湖水面静静的，
只是知了、小鸟在轻轻地歌唱，
还有湖边的青蛙，
在不停地唱响它们心中的晨曲。
远方的湖边上，
垂柳像朵朵碧绿的云，
轻轻摇曳在水岸上，

石榴，桃，杏树挂着果实，
还有粉玉兰，银杏黄。
最清心悦目的是那片片绿叶粉荷，
浅浅的翠绿色，
衬托着高贵的粉荷。
这个世界里，有玫瑰就有刺，
有鲜花就离不开绿叶的衬托。
美的图画享受是什么？
就是眼睛和美景咔嚓一下的结合。
我看着这美丽的景致发着蒙，
上帝呀，
你造就了大自然，
也造就了我。
我生于自然，
还要回归自然，
寻找那个纯洁的我。

2015 年 8 月

戍边从军

——我是一个河南人

（一）河南京兵

你从哪参军，
你就在哪里成人。

我从河南当兵走，
我也是个河南人。
那是“文革”七零年的深冬，
我还不满十六岁，
由于逃课打架，
被父亲送走参军。
只为我，
不做江湖浪子，
只为我，
平平安安地不受伤害地长大成人。
那时当兵，
可以逃避上山下乡，
但要托人走后门，
在那灾难时代，
走后门当兵要感谢我的父亲。
先找国管局的老同事，
又拜托河南省委王维群，
路线图是先把档案办到河南，
再从河南汲县武装部体检政审，
就这样，
我从一个北京少年，
变成了一个小河南人。
就这样，
我带着父亲给的20元零花钱，
20元火车费，

最近距离地看一次天安门，
最解馋地在“老莫”吃一顿，
最亲密地吻一次妈妈的脸，
最深情地握住父亲的手，
火车汽笛响，
我的眼泪就止不住地流。
到了北京站，
我心里细盘算，
两角钱站台票到了安阳站。
出站买了两角钱站台票，
悄悄地又进了站。
共花四角钱，
从北京跨进了河南，
成为一名走后门的河南京兵汉。

（二）初入伍

新乡到汲县，已感形影单，
武装招待所，入伍待安排。
屋内没有火，全身抖瑟寒，
盖了三层被，仍觉脚心寒。
不愿上茅厕，京兵适应难，
终于出发了，西安第一站。
发了皮大衣，又解烧肉馋，
我说够本了，欲逃把家还。
这时一大汉，横眉把我拦，

要想做逃兵，军事法庭判。
无奈上列车，红柳戈壁滩，
张掖贫武威，故人出阳关。
一个北京兵，一个河南担，
西出风嘉裕，塞外雪更寒。
萧萧人生路，军旅少年帆。

河南花园口

抽空前往花园口，一九三八血夏秋，
爆破花园口大堤，中正决断阻日寇。
沿线四十四城池，八十万人尸野吼，
水没挡住日本人，中华国葬墨纱绣。

静心思考谈健康

静心沉思考，会客要减少，
放下首创事，非己会闪掉。
不再乱看医，不再盲吃药，
每日去公园，每日站桩笑。
不再强应酬，有空多睡觉，
选择自己事，找准大回报。
学会做减法，婉谢方法妙，

养心为康体，不再虚名套。
当归自然去，山外青山高，
男儿八尺汉，何处不妖娆。
再看晓光哥，深度心有招，
看似慢悠悠，精神乐陶陶。

香港考察

（一）面壁青山析香港

清晨醒来看飘窗，面壁青山析香港。
太平山上富人居，浅水湾边豪华房。
绿绿青山蓝蓝海，不尽沧海绿树香。
当年海盗山观海，抢掠广州万萝香。
后来英人占九龙，侵吞百年港岛粮。
香港成为金融岛，现代国际实力强。
金融中心连大陆，贸易科技好橱窗。
洋人也有洋办法，渔乡巨变国际港。
基础设施数一流，投资环境前五强。
只是底层工资低，多年不涨水准降。
照顾零售和旅游，其他阶层不能忘。
几大家族利钵满，各个阶层都有汤。
工资福利和养老，实惠之中认识党。
中华血脉根连根，大陆支撑香港强。
百年体制不变化，保持舞场和马场。

（二）绿地公司的一片海

到清水湾去，
看到绿地公司占的那一片海。
一组玻璃楼组成的威斯汀酒店，
现代的气势，
高雅而舒适。
我的房间大而明快，
阳台竟是一个泳池，
提升感官，复苏身体，
放松你的心情，
让你感觉到焕发活力的入住体验。
海滩上几大片别墅区，
又是那样的色彩斑斓。
白色超现代的平层建筑，
四合式北美风格小屋，
占尽了上天给予的资源。
酒店公寓后面是座横卧的青山，
黑白灰三色相交的云，
在蓝色的天空中翻卷。
前面是黄沙，白浪的海滩，
再前面就是那翠绿交织的大海海面。
向远望去，有小船，
有亲人，有心愿。
千古万山的大自然，

给了人类多美的黑夜白天?
我们为什么不去保护、享受那美丽的大自然，
却为了铜臭的生意，
却为了不断贬值的货币在用生命不断去搏斗计算!

（三）香港的早晨是一幅画

清晨，从窗外远视，
香港岛是一幅画，
美丽，沉静，大气，
像是在海边静卧的观音，
又像是一艘，
驶在社会主义红海、资本主义蓝海之间的木船。
景色是没有国别、阶级的，
湛蓝色的天空，
白黑相融的云，
青翠的太平山，
蓝蓝的维多利亚海湾，
一个比一个高的玻璃楼，
一艘比一艘快的船。
极富有的几大家族，
金融白领，牙科医生，
做零售、旅游的中产阶级，
剩下的大多数，
是靠打工挣钱的大众。
这里有议会、马场，

这里有色情行业和舞厅。
这些都是资本主义的，
是蓝色的，抵触着红。
维多利公园六四间的烛光晚会，
上街静坐的百万港仔，
应都是自由、资本主义旗下的兵。
这里还有中联办，中央政府的机构，
各种红色组织，
那么多信任党、为党办事的兵。
他们出自红海，
又服务于红海中的岛屿和战舰，
这一蓝一红的结构，
是香港清晰的政治结构构成。

静坐海上品海南

清水湾到三亚湾，大雨倾盆罩青山。
一会一束亮光闪，细雨如丝如银帘。
喝杯咖啡聊聊天，出海观涛上帆船。
两片白帆升起来，一个船长四船员。
雨后海面多平静，只恨风弱慢风帆。
大海风平无大浪，满天灰云无艳阳。
朵朵乌云云舒卷，疑是黑墨泼人间。
青山卧海梦中睡，三亚竟有此人间。

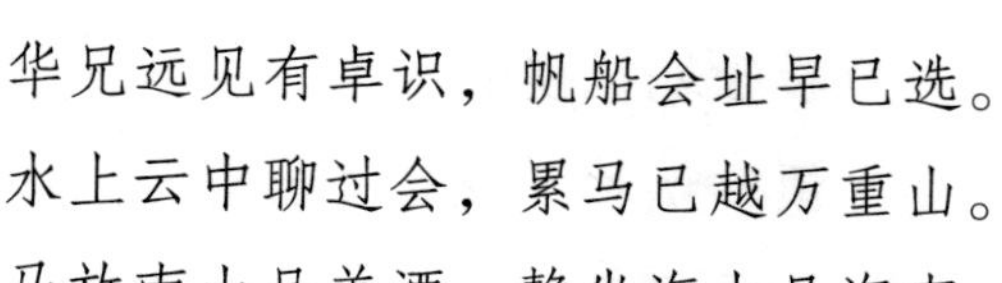

华兄远见有卓识，帆船会址早已选。
水上云中聊过会，累马已越万重山。
马放南山品美酒，静坐海上品海南。

帆船俱乐部看海

透着船桅远望，
那夜间黑暗暗的海，
云和海一样，
只是黑中透点白。
船舶也睡着了，
远离人类文明污染的我，
大脑是空的。
大海上只有风和水的声音，
我一个人在黑暗中飘。
港口就像我的一样，
赤子驾着帆船归来。
多美的感觉，
归来时又有多帅。
人与自然的相互尊重中，
这才是生活才是爱。
海风来了，
大自然的爱。

轻轻地抚摸着我，
烦时就独自凌晨去出海，
一天归来，
皮肤被红红地晒，
满脑子都是空的，
血红的心脏，
黄白奶油色的前胸，
都膨胀奔腾着爱。

卸职把酒叙旧

初秋，在北京西郊马奈俱乐部，当年跟着我在首创一起创业的老部下把酒叙旧，追忆往昔，畅想未来，写诗一首留念。

为我卸职备薄酒，送我金羊泪花流。
跟我创业打天下，塑造江山美金秋。
数羊幸福雪莲花，老友忠诚情依旧。
剔透酒杯十六个，十五男儿一绣球。
红血兄妹造首创，心有衷情到永久。
真想再活五百年，再写创业好春秋。
唇齿相依多壮志，大业百年数风流。

重庆的早晨

早晨从温德姆酒店，
向远方望去，
重庆真像个在薄雾纱罩下，
还在熟睡着的美少女，
青山翠谷，
静静流淌的嘉陵江，
雾中透着新鲜的湿气，
那草那木都是水灵灵的，
真是美丽而自然勃发的雾都。
重庆山水相融，
重庆巴山夜雨，
重庆嘉陵江环抱，
重庆是依山而城。
大道高低回转，
建筑错落有形，
三千年的巴渝文化，
在直辖市中却最为年轻。
登南山可俯瞰重庆夜景，
顺长江又可三峡风光尽收眼中，
大足石刻的巧夺天工，
远方还有峨眉山影。

舌尖上的酸辣甜香鲜清，
养生的温泉水，
这就是现代的巴山夜雨大城镇。

2015 年 9 月

法国行

（一）法国夏乐宫

夏乐宫平台，俯瞰大铁塔，
工业革命潮，诞生发明家。
那时中华地，男人梳长发，
闭关又锁国，封海套锁枷。
西方创新势，超我大中华。
街边咖啡廊，夜景多明亮。
绿色遮阳篷，白色咖啡座，
杯杯咖啡苦，瓶瓶红酒甜。
咖啡忆往事，聊天观天下。

（二）巴黎华天*

九月深秋日，再次来华天。
去年十一月，宴请开行团。
把酒敬胡董，合作情义甜。
今日到华天，放眼看周边。

滔滔马恩河，历史有硝烟。
一战英法联，大胜德军团。
兵尸遍河谷，巴黎奏凯旋。
当代工厂区，地段还是偏。
右边仓库区，左边吐白烟。
仓库改酒屋，四本图书馆。
华人十三区，中华一地盘。
多是温浙仔，旧貌换新颜。

注：*华天是法国巴黎的一个中餐馆，原为粤海集团投资，后易手北京华天集团。

（三）观察大巴黎

今日又过凯旋门，奥俄败于拿破仑。
十二大道放射路，奖地恒产给将军。
别看皇帝小个子，胸装天下达人心。
香榭丽舍余香道，盖茨酒店多贵人。
老佛爷[1]是两兄弟，一八九三喜开门。
营业面积七万平，年迎两千多万客。
巴黎春天[2]争霸业，每天游客十万人。
男女商品分两店，年有十亿净利润。
百货双雄百战新，古歌艺术大中心。
大屏滚放罗浮魂，急速掠采大文化。
视角纽约和伦敦，不会忘记小台北。
北京故宫根底深，古歌老大想人类。
通吃博物馆中心，只争朝夕谈合办。

世界瑰宝一网尽，莫说今日非盈利。
明朝遍地捡黄金，艺术工程新发明。
创新官网看古今，全球博物艺术馆。
都是古歌帝国宴，先做苏州博物馆。
线上线下三维天，秀竹踏雪吴越人。
湖北文物多精华，编钟侯乙青铜架。
梁庄王冠带华服，敏君闲云野鹤画。
现代油画人像怪，敢与梵高比高下。
分类艺术建平台，同类作品比英华。
凡尔赛宫五百年，发现土豆可当饭，
青草碧树小迷宫，辉煌建筑显豪华。
镜子大厅满油画，虚拟宫殿万众观，
吸引人流手机范，镜子舞厅音乐盘。
愿意创造新尝试，十万网游新人间。
法国人民爱吸烟，遍地烟头禁烟难。

注：1. 老佛爷是法国巴黎著名百货公司 Lafayette 的音译，它创建于 1893 年。
2. 巴黎春天是法国著名高档百货公司，创建于 1865 年。

（四）圣新高地

下午，忙中偷闲登上圣新高地，
拜占庭式圆顶大教堂，
伦敦堡石材，
越下雨刷的越白，
法国制造最大的钟，
有十六吨之重。

蒙马地钟声一敲，
整个北部都会震响。
教堂小街中的小广场，
成为街头画家的天堂，
游客们都会买画，
草根的西方艺术，
会在全世界游荡。
巴黎公社的社员们，
曾在这高地上顽抗，
但肉身抵不住钢弹，
很多革命都是被血染后投降。
下山了去看拉雪兹神父公墓，
一百零六个名人，
巴尔扎克，肖邦，
都葬在这个天堂。
这里还有面巴黎公社社员墙，
枪眼，弹孔，
让那么多革命者，
被子弹钉在石墙上。
虽有革命的插曲，
但这里还是个名人有钱人，
死后长眠的天堂，
有趣的是多了两个中国人的墓室，
福建茶塘村是他们出生的家乡。

地球上还有哪没有中国人，
天涯海角都是华人的新故乡。

（五）过英吉利海峡

法国巴黎北站是那么恐怖，
小偷，横着脸挑事的大汉，
无所事事的警察，
脏乱差的广场，
还有不知摆了多久早已干枯了的鲜花。
个高的站在前后，
保护行李和女士，
每人看好自己的包，
这就是大家向往的法兰西。
推着箱子上下楼梯找厕所，
急得快尿裤了，
又有谁会体谅你！
终于，还是没找到，
只好把尿撒到正在施工的墙壁。
终于，登上欧洲之星列车了，
看起来没那么高大神奇！
当然，在当时是个伟大的奇迹。
先在地面上急行，
然后再钻入海底。
地面上的法国农舍不是很富，

海底的海峡却是那样神奇。
敢上九天揽月，
敢下五洋捉鳖。
毛主席早就这样写过人类，
看来，人类还会有更多更多，
这样的奇迹。

小万和老邓，朋友和亲人

小万[1]是新中国培养的红色商人，
老邓是小万的先生，
共和国早期的国际民航人。
那是激情改革的1985年，
我代职到百批[2]当了一名经理人，
带我的师傅就是市百货公司副总小万。
她比我大九岁，
业务极干练。
我们办公同桌近两年，
一块谈生意，一块铺市场，
一块打江山。
我学会了做买卖，
我亲历了生意的艰难。
我知道了商人苦，
我尝到了成功的甜。

我成了经理人，
我知道了生意的弦。
我教小万经济学，
让我走上商人路的是小万。
我促小万进行商业体制的改革，
我帮公司改善办公楼，
我帮职工改善居住条件。
我帮公司总结批发企业的商业法典，
我像佐罗一样，
解决百货公司的风险与困难。
很快小万、老邓成为我最好的朋友，
我们一块走过了精彩的三十年。
那是六四前，
我骑单车到小万家中开会，
叮嘱她们保证安全；
为老邓换个好住宅，
我陪她骑车满二三环转。
三十年前百货公司的商人实践，
我也是个功臣，
学批发，促改革，
办实事，走全国，开拓市场，
我像佐罗，像老业务员，
在中国的大批发企业中挂职锻炼，
在那里，我把中国一级批发的知识盘点。

小万帮助我，我也帮衬着小万，
安排她跟着我在计委工作了一段。
后来，小万跟着老邓去了阿尔卑斯山，
在瑞士常住了两年，
精通法语的老邓做国际航空公司经理人，
小万则把欧洲的商业考察遍，
打开了眼界，树立了远见，
回国受命创办燕莎高档百货店，
京城地标立东边，
高档货品做领衔。
紧步又十年，
创办燕莎奥特莱斯第一店，
行业鼻祖改革先。
一切从头学起做起，
首个奥莱[3]种新田。
如今年销四十亿，
三亿纯利购销欢；
如今全国奥莱上千家，
小万当之无愧中国奥莱创始人。

注：1. 小万，即北京燕莎商城原总经理万文英。2. 百批，即北京市百货批发公司。3. 奥莱，即奥特莱斯简称。

奥莱梦想

全国奥莱上千家，星星之火可燎原。
我要创办大奥莱，小万只身来集团。
我把宏志全盘谈，奥莱大干再十年。
人民享受美时尚，地产转型新家园。
小万开始调强将，组建团队搭班子。
精心谈判细策划，长阳开业红火天。
火了周边大地产，四个项目做五年。
商业住宅双占先，新生活来新方式。
品牌价值业态见，多业保值共组合。
小万细化奥莱路，持有开发都赚钱。
一个奥莱一小城，新组合来新实验。
小万为我争口气，中国奥莱展荣颜。
不记吃尽多少苦，苦尽归来总有甜。
小万过年近七旬，中国奥莱老太太。
退位让给年轻人，只动脑筋用资源。
我们共同踏海去，享受生活看青山。
共同外出去旅游，共同回忆峥嵘年。
吃苦不觉苦中苦，只知事业甜上甜。
家人丢舍无暇顾，亲人无奈叹息声。
其乐无穷不后悔，一生一世艳阳天。

石榴节上看枣庄

枣庄，
从前这里有个大煤矿，
矿井边有棵大枣树，
结着果实，飘着果香。
矿工们吃颗红枣下井去，
慢慢地盖了许多许多村庄，
庄生庄就垒成了今天的小城枣庄。
国军浴血大战的台儿庄，
养育齐鲁人民的乳汁——微山湖真棒，
腿比车轮还快的铁道游击队员刘洪和王强。
平和翠碧的小山，
这是一个安宁的坡城，
这里有美丽多元的文化，
都在万亩石榴园中展现。
石榴开花红似火，
琵琶演奏微山湖上，
弹起我心爱的土琵琶，
谁不说俺家乡好，
听着听着，
想起了第一夫人彭丽媛。

石榴情

我是山东忠效人，堂堂正正实在人。
敢作敢为出手帮，一口豫剧鲁豫腔。
祖籍陕西韩城县，还缺一段河南担。
齐峰一曲赞歌亮，蒙鲁兄弟多相像。
枣庄历史四千年，石榴种植两千年。
颗颗石榴多吉祥，多子多孙万佛乡。
莫拉提炼氧化氮，清除血管保健康。
石榴传说浪漫香，石榴裙下痴情郎。
西方石榴圣果说，亚当夏娃禁果香。
石榴红来人心红，多吃情果入梦乡。

英国之行

（一）走进英国的再观察

欧洲之星列车在飞驰，
法国村庄的小景，
很快被甩过。
钻到了英吉利海峡，
带着海水的咸味，
快车驶进了伦敦国王骑士站。

当年为了给欧洲之星起一个什么样的名字，
还引起了不小的麻烦。
英国人说叫滑铁卢站，
法国人三次抗议，
说英国人揭人短齿，
说英国人流氓混蛋。
就是这两个邻国，
恩怨相争近千年。
拿破仑是厉害，
但在滑铁卢败得那么惨。
还有“二战”间，
面对希特勒的金戈铁马，
法兰西几乎一枪都未还。
还是贵二代丘吉尔厉害，
与希特勒血拼到最后的夜晚。
大战中有个约定，
炸弹可以在各城市投放，
但不能轰炸对方的首都，
保护好千年瑰宝，
战争还留了点人性。
谁知有一天德国喝醉了，
误在伦敦上空扔了两颗炸弹，
这下可惹翻了英国，
两个首都开始轮番对炸，
两座宝库财富急速灰灭人间。

战争可以让人变态疯狂，
何况那个希特勒，
早就是个疯子了！

（二）伦敦天眼摩天轮

记得伦敦巨蛋失败的那年，
泰晤士河河边，
又矗起了一个高接云端的摩天轮，
一个奇怪的河边天眼。
那时有谁会相信？
这个轮子怪物，
会财源滚滚，会赚钱不眠？
几十个在空中旋转的玻璃箱像个大轮子，
轮子号称世界之最，
高度也是世界第三。
每个大玻璃箱内，
载着几十个激情游客。
前一段经营期到了，
英国政府要公司关闭，
引起了商界的大波渲染。
千万不能关，
她已接待了游客五千万！
假如从一个游客身上赚五十镑，
那是多少镑？又是多少钱？
几十亿镑的入账，

官方心如明镜似的，
先不关吧。
在钱的作用下，
原则、规划期限，
那都是可以改的，
也无须再做舌谈！
一个难得的好项目，
让发明人、投资者赚得理得心安。

（三）也看英伦上千年

那是黑暗可怕的1666年，
伦敦一个面包房，
一把奇怪的大火
把伦敦城烧毁了近一半。
尽管面包房老板百般狡辩，
但还是被愤怒的人群，
活生生绞死了算。
那一年流行的黑死病，
也被烈火烧没了，
对英国人来说，
那是多大的幸事，
因为烧死的是鼠疫蔓延！
人类对这种病，
还不知道该怎么办？
看来任何坏事又有好的一面。

读听英伦民间史，
有许多趣事，
也有许多有滋有味的远见。
英国海军曾是日不落的，
横行天下的巨无霸，
历来是三军之首，
是将中军花。
今天的查尔斯王子，
是三军的统帅，
但他是穿着海军元帅服，
指挥着三军将士，
扬着日不落帝国的威仪。
历史上的英国，
多次无耻地侵略过别人，
但别人也欺负过她。
罗马人曾占领英岛四百年，
但最后还是败给了野蛮著称的苏格兰。
公元六百年，
丹麦的维京海盗船，
也曾经占领了英国人的家园。
人类历史就是这样，
任何一个强悍的民族，
都有欺负别人后，
也被别人欺负的那一天。

（四）丽思卡尔顿酒店下午茶厅

历史时光如倒流一百一十多年，
1906 年可以看到，
这个下年茶厅开业的光鲜。
名人，作家，显贵，达官，
那个时代的宠儿，
在这里尽欢。
政治家们在密谋政权迭换，
商人们在狡猾地出牌价还，
贵妇们无所事事地八卦扯天，
小人们边吃边传着谗言。
当然，撒切尔夫人也是常客，
在这个茶厅中，
对左右英国的大事边吃边谈。
这样的铁娘子，
也在此中了风，
给英伦当代铁政，
留下多少遗憾。
历史上，贵妇不吃午饭，
下午茶的兴起，
取代了名流贵妇们的午餐。
这个下午茶厅，
管理细致而威严，
要喝下午茶一定要预订，

每位费用要五十英镑，
吃不完的点心不许打包，
目的是展示这里的生意永远紧俏。
男士要西装革履，
女士要礼服翩翩。
不管你是什么头衔，
谁都不能打破铁律的威严。
深秋的这日，
喝茶的人多是中年妇女和孩子们，
妇女们虽是满身贵气，
但个个已是人老珠黄，
谁也不愿忘记过去的小鲜肉身段，
更不愿忘记往日的辉煌。

2015 年 10 月

希腊自由行

国庆节长假，和家人一起出游希腊，这是我们第一次举家自由行，女儿和老伴精心做了功课。之前虽然公务出差到过希腊，但都是匆匆而来匆匆离去，这样的深度自由行让我享受到从未有过的惬意。

（一）希腊散记

在阿姆斯特丹转机，
再向心往的雅典飞去。
阿姆斯特丹机场真大，
是三个北京的三 T*。
这次走进希腊，
已不再是公团，
也不再带有官气，
带队的是女儿丹丹，
消费是烙饼卷指头，
纯粹是自己吃自己。
困等了三小时，
小飞机才向南欧飞去。
困乏的睡眼才刚睁开，
希腊的海岛云天，
已映入眼帘，
大美呀南欧的海岛云天。
地中海的海水，
一片片蓝蓝的翡翠，
开阔，平静，
有时波光粼粼，
有时又那么凶猛逐浪。
大海中那么多潜艇军舰，
偶尔会触擦可怕的硝烟。

岛屿，希腊有三千多个，
森林，碧湖，沙滩，
岛屿的海岸线上，
早已被人类的小房子占满。
云彩，雅典上空的云，
白灰蓝加微红，
一道道彩虹，
一只只绵羊，
一个个天仙，
构成云卷云舒的画面，
天上山花烂漫。
苍天，雅典上空的天，
苍穹无限，云雨风雪变。
过去说人定胜天，
那纯粹是扯淡！
苍天看人类都是小蚂蚁，
还敢开牙说什么人定胜天。
二零零四年奥运会建的机场，
体量，造型，新旧，
看完了你会摇头。
简陋的跑道，
还有那么多裸露着的黄土地地面。
量少的廊桥，
停的多是737，
落伍的停机楼，

暗暗的灯光，
九十年代的水平。
走了一趟，
但什么也没留在你心中。
这是地标，
也是国家的眼睛，
它不会说话，
却能天天演示着国家的身影。
也有好的一面，
有预测起飞的倒计时时钟，
让在机上等候的乘客知晓起飞的时间。
雅典的山为什么不绿？
据说山里全是大理石和矿。
雅典是三面环山一面向海，
从机场到城里要四十五分钟车程。
希腊的天好蓝，
那是典型的穷国蓝。
二十五万欧元就可以三代移民，
二十五万欧元可以买一个小别墅，
六万欧元就可在市中心买套公寓，
而且永久产权，
在北京只能买一个洗手间。
希腊也是难民的落地处，
但无力接纳设置难民营。
城市建在山坡上，

白色房子，
规划乱自成一统。
摩托车党在这儿，
多得像秋日的蝗虫。
富人税23%，原来17%，
个人税16%。
因为对富人征税高，
好车都在二手市场抛。
富人跑向德国，
穷人消极工作。
看国家考古博物馆，
几千年来的铜雕像，
美丽的大理石像，
真是一个伟大文明古国。
上丽卡维多斯山顶，
雅典城一览无余，
三面环山一面向海，
风格相一的小楼千千万万，
一张环形照片能拍下全部雅典，
世界上还没有这样一个城市，
有着这样鲜明的特点。
雅典的文明是最古老的，
但却没能留下最美的建筑，
文艺复兴后的英法德意建筑，
让希腊建筑从美的图案中滚蛋。

最早的民主国家，
今天却厚着脸皮骗欧盟的贷款，
最有早期文明的国家，
现在却让人民兜里没有钱，
只有旅游和航运，
才使希腊政府还有点笑脸。

注：＊“三T”指北京首都国际机场第三航站楼。

（二）地中海边品海鲜

扎金索斯美港湾，夜色朦胧彩霞翻。
座座小房亮灯了，远看支支小渔船。
炊烟袅袅小屋起，小船桅杆不撑帆。
岸上灯光水中闪，娓娓倒影醉今天。
海中倒影天上月，海天一色银河现。
一家四口尝海鲜，今夜花美月更圆。

（三）雅典遗址巡礼

早晨雅典的太阳，
是那么晒，又那么亮，
穿过茂密的橄榄树林，
大汗淋漓地登高了近千步，
才到了卫城遗址，
去看那悲壮又敬畏的石柱石墙。
卫城是公元前800年建，
距今已近三千年。

罗马人统治希腊一千一百年。
拜占庭时期的建筑历历再现。
大理石的西罗德剧场，
建于公元 161 年，
这是一个富商为妻子送的礼物，
那时的商人对女人，
竟有这种爱的伟岸。
神庙罗马柱底座，
是女性生殖器的图案。
卫城博物馆把英国人还没有抢走的文物，
留在了希腊，
对于一个文明古国，
说起来真够可怜。
从遗址山上远看雅典城，
我对雅典的印象已改变。
白房子，多而乱，
但小街美，
有优美的整体感。
往山下走，
看了卫城博物馆，
陶器的古老，
大理石雕塑的美丽，
铜人艺术品的精致，
金铂面具的光耀，
都让我感到震撼。

可以说，在世界上，
这是一个最有价值的博物馆。
石头垒成的奥林匹克体育场，
现代第一次奥运会召开于 1896 年。
宙斯神殿，
只剩下十五根大柱，
但透着古代人类的艺术光环。
新古典派的三大建筑，
有柏拉图、苏格拉底雕像的雅典科学院，
还有雅典大学、国家图书馆。
下午去老城体验，
又吃了一顿海鲜大盘。
文化渗透在广场小巷中，
各种工艺品让你眼花缭乱。
第二天早晨，
我们又深入到居民区中去，
用第三只眼睛仔细看了看，
希腊人不穷，
有房有车有休闲。
雅典海边，
地中海一个美丽的海湾，
漂亮的绿色、白色的咖啡馆，
远方是不绿的山，
白灰黄相交的云，
一层一层，云卷云翻。

那蓝天，已不蓝，
在黑灰白中表现。
静静的大海中，
游泳的都是老人们，
他们戴小黄帽，衬着大海蓝天。
老人们是那么自由，安详，幸福。
岸边，停泊着许多游艇、帆船，
在睡眠中荡漾着大海的波澜，
这是多么纯美的自然。
坐在海边，
思考着人类的环境和自然，
谁还想离开这白色的海滩？
谁还想回到那重度污染的人间？！

（四）去海神庙看海神

喝了一上午咖啡，
也不知道是第几杯？
生存的苦辣酸甜，
都在品尝咖啡中溶碎。
苦了加点糖，
甜了再加点水。
先到撒拉尼契海湾，
蓝海中大岛小岛，
蓝海又在岛山之间，
海边古瓦那小镇，

开阔的海面金光闪闪。
在橄榄树的阴凉下,
躺在沙滩椅上看着大海。
海风吹走了困意,
真想踩朵云彩乘风走海。
祭祀波赛冬的海神庙,
管理所有海上的事,
是管理天上事的宙斯神的弟弟。
海神庙在小山上,
只剩下一十几根石柱,
几千年海风的侵蚀,
当年雄壮的多利克式建筑,
如今只剩下越侵蚀越细的石柱。
站在遗址前,
迎风看整个海湾,
大海中一两只古木船。
看着古木船,
好像回到二千五百年前,
仿佛我就是一名海神的士兵,
在忠诚守护着海神庙,
不管日日白浪滔滔。
到海边找个小村去,
我们找个农舍拍了照。
前面是富人区,
在离城很近的山海旁。

白色的独栋，
带泳池和大花园，
地大树多，人少房好，
这就是富人区。
逛逛雅典女人街，
石头路，老式房，
中低档的商品，
青年人要的式样，
买条裤子都是细腿的，
一个卖货的老太太，
一句甩出来的问话让我永不忘，
你们都是中国人?
商品只看别照相。
穷的连饭都快吃不着的希腊妇人，
还敢用这样羞辱的语言对我们取笑!
国家都快破产了，
还有什么资格同别人说什么不要。
最大的商场叫阿迪卡，
商品倒是中高档的，
但顾客没多少。
奢侈品街的品牌店，
光顾的都是中国人，
希腊的平头百姓，
看着大牌广告绝不会动心。
街头商业门脸许多空着，

2009 年后租金价格跌了 70%。
消费不足，没钱没需求，
当然就没有销售。

（五）人生走在大浪中

天还黑着，
早餐后去码头，
希腊海风大得可吹倒人。
迷迷糊糊到港口，
黑灯瞎火上了船头。
出海了，浪大了，
迎着太阳向东走。
但远边黑灰色的云遮住了红日，
只露出了束束红光。
绿色的大浪滔滔，
一会儿红日开始跳出海面。
太阳在东边，
东方是家乡，
奔东边走，就是奔家乡走。
大型游船能装上千游客，
颠簸地驶在地中海海面上。
海风那么大又那么凉，
一会儿是洒在身上的阳光，
一会儿是跳到身上的白浪，
这不就是人生一样?

苦旅踱步又享受朝阳？
小心地活着，
你可以待在船舱，
要想呼吸纯美的大自然，
你又必须站在随时可能掉下去的甲板上。
今天要去的米克诺斯岛，
八十六平方公里几千原住民，
但旺季时有十多万人。
历史上曾是以雅典为首的提克同盟的补给地，
也被威尼斯人、土耳其人占领过，
1832 年才归还给希腊人。
沙滩好，日照足，
天堂，天体海滩，
把千千万万的游客吸引。

（六）上米克诺斯岛

四个半小时海上漂，终于漂到米克诺岛。
蓝蓝海水秃秃的山，牙白小屋缕缕炊烟。
石头山脉少见碧绿，米岛竟是旅游胜地？
艳阳暴晒白齿嫩皮，海风又凉如此天气！
酒店石阶那样神奇，片片石阶竟是白玉。
座座小房牙白蓝窗，一座小屋一面国旗。
希腊国旗蓝白图案，满山遍野尽是国旗。
高级套房附带泳池，百姓小屋房小缺地。
适合新婚情侣蜜月，也可接待老夫老妻。

（七）米克诺斯岛夜景赞

白天是一座荒山秃岭，夜晚却是一幅幅美景。
天边一层又一层晚霞，晚霞上面是美丽星空。
海边山坡矗座座白房，灯光点点把夜幕映明。
白屋顶上小型游泳池，对对情侣在诉说衷情。
灯渐暗去小屋睡熟了，大海是那么平静安宁。

（八）米克诺斯岛的早晨

东方刚刚发白，
推开阳台门和小小的窗子，
我想写写早晨的美景。
还是困，想睡会儿，
大脑和手不听指挥，
笔滑到地板上。
又睡了一个钟。
睁眼望去，
满屋已洒遍金光，
地中海的太阳蹦出来了，
朦胧的早晨已逝去，
一座座小白屋都醒来了，
荒山秃岭又充满了生机。
清晨歌唱的小鸟飞走了，
清澈见底的海里，
小鱼们开始跳跃，

小屋顶上升起缕缕炊烟，
大海中的小木船漂动了，
蓝天上的白云也开始了薄纱般的舞步。
游客们又出发了，
去踏海逐浪，
去爬山远眺，
去骑四轮车爬高远征。
人呀，也是怪物，
一会上天，一会下海，
为呼吸自然，
他们不放弃每一分钟。

（九）克利特岛别有天地

住进白色小房，心里十分沮丧。
荒山秃岭米岛，有啥可看可玩。
饿到下午两点，赶紧找地吃饭。
进阿可*入酒店，这有海鲜大餐。
炸虾煎鱼青口，只花一百二三。
你在餐厅消费，尽情享受海滩。
安静蓝色海湾，躺椅可以睡眠。
沙滩酒吧品酒，远处游艇白帆。
真景原藏岸边，天地别有一番。
荒山秃岭圣地，美景留给天仙。

注：*阿可是克利特岛海滨一著名餐厅。

（十）克利特斯岛上小白屋

克岛上全是这样的小白屋，
小白屋又多是小型酒店，
很少是居民的私宅空间。
克岛卖的是小白屋加海滩，
据此，定要分析小白屋特点。
房子是方形的墙边刮了圆，
墙面刷了白色的涂料，
门窗都是蓝。
为了防海风，
小窗，小门，小庭院。
院中种上棵橄榄树，
也有几支粉红色的杜鹃。
酒店有个小大堂，
早餐就在大堂边，
天台多是小游泳池，
草伞下面躺椅晒太阳。
希腊上岛游什么？
海滩静躺晒太阳。

（十一）巴拉丹浴场

沿着石头山，
走迷宫小路，
司机开的那个快，

心都快要跳出来。
外国人更潇洒，
开着 ATV 越野车，
男前女后飞奔在山路上。
海滩浴场上，
几百个躺椅，
人们穿着比基尼晒太阳，
长长的吧台前，
有几十个石桌，
那是时尚男女跳劲舞的地方。
几人领跳，几十个大音箱，
喝着酒，是那样的疯狂。
这一刻，这一晚，
可以把什么都忘，
心中只有自我，
胃里只有威士忌，
还有那平时不能说出的念想。
这也是一种人类，
他们是那么真实，
那么可爱，那么张扬。

（十二）小而美的威尼斯小镇

1207 年后，
威尼斯人土耳其人，
先后占领过米岛，

六百多年后，
才回归希腊的怀抱。
米岛的海是透明的海，
在世界少有。
什么巴西里约白海滩？
什么蒙纳卡罗海滩？
都比不过，
米岛透明的海水，美丽的海滩。
一条一条微型商业街，
原来是艺术家们，
卖自做的艺术品，
作坊式自我陶醉的买卖，
怎能打得过，
多样性，多品种，规模化的市场？
米岛已成为希腊第二大商业中心。
休闲的沙滩装，
手工制作的鞋和包，
做工别致的手工艺品和首饰，
汇聚了匠人的创意。
手工香皂，
西班牙，意大利的皮鞋，
可与德国媲美的指甲刀。
咖啡座，小餐馆，
看着大海吃海鲜。
更重要的旅游商品是休闲。

青年伴侣亲热着，
老夫老妻手拉手漫步，
购物，喝饮品，看海，
抽烟，思考，回忆，
加上咔嚓咔嚓地拍照。
想到了中国的雾霾，
被污染的水和沙尘暴的阿拉善。
看着蓝海，大风车，邮轮，
有那么多黑色、彩色的联想。
找到一个山的制高点，
乱石堆起的山。
有小路必有小白屋，小酒店。
登到山顶，极目远方，
大海收尽眼眶。
太阳一照，金光洒满海面，
泛着白浪花。
两艘巨型邮轮停在海中央，
游客们乘小船上岸玩去了，
晚上睡觉，白天去玩，
这不就是神仙？
私人投资的小酒店多了，
有的烂尾了十年。
经济下行，
人民也难把钱赚。
希腊呀，国家有难，

人民不欢，
大河没水小河怎不干？
十年前的希腊，
是多么富裕，
怎么这几年，
竟有这样的衰变？
产业结构差？开放速度慢？
保护民族工业？
什么才是真答案?!

（十三）外国人怎么度假

乘坐飞机飞来，脱了衣衫下海，
躺长椅上暴晒，睡醒畅饮开怀。
酒吧歌熟舞快，夜晚更难忘怀，
原本素不相识，今夜男欢女爱。

（十四）到了圣岛*

到了圣托岛，石头黄土山，
游客一群群，鸣笛纷下船。
西边远望去，日落在天边。
一轮血红日，托云下海面。
不同于米岛，地势较平坦，
葡萄长地面，山灰酿其甜。
小屋多米黄，房型不一样，

有棱又有角，没有圆墙边。

菲拉小镇美，悬崖餐厅棒。

注：*“圣岛”指圣托里尼岛。

（十五）走进圣托里尼岛

走进圣托里尼岛，
观察圣岛的历史文化，
触摸圣岛的千古灵魂，
红沙滩，沙子是红红的，
在劈开的红山崖下面，
海岸线上很少见。
一个拉小提琴的人，
通过电子音箱的共鸣，
把红沙滩的生命曲奏响。
公元前1610年，
亚特兰蒂斯时期遗址，
火山爆发毁灭的城池，
又是那么科学艺术壮观。
陶器，灶台，三层房屋，
小鹿工艺品，
石椅，石桌和布，
爱琴海三大文明之一，
米诺斯，麦西尼，
圣托里尼史前文明。
第一位居民可追溯到公元前四千年。

红沙滩不远，
黑石崖下，
还有奇特的火山岩冲积形成的黑沙滩。
贝利莎——菲拉——伊亚，
月牙形的圣岛，
三点成一线。
过悬崖山，往山下看，
有片片海边小平原。
伊亚，一个洋气的小镇。
我们幸运地住进了悬崖酒店，
这要感谢团长小刘丹。
一个小泳池，
一个客厅，一个餐厅，
两套各自带卫生间的睡房，
房子是在半山腰的，
外面雪白墙，
里面却是欧式豪华。
卧室外面是一个西式餐厅，
坐下来看大海，
两面是山，中间是大海，
看日落的好地方。
傍晚，许多人走到山顶天台上，
一抹红霞，一轮红日沉海。
下午要坐船出海，
中午仓促又吃了顿西餐，

没点海鲜面，
端盘女郎硬坚持我们点了，
要一起埋单。
快三点了，接我们车还没来。
忘了？骗子？
每人可是一千多元。
希腊人不守信用，
难怪他们都快成了穷光蛋。
三点了，终于临时来了个车，
接我们去码头坐船。
出海了，先到红沙滩，
我坐在船舱中，
多数人上了甲板，
阳光的暴晒，
让人们很快变了脸。
潜水去，在浅海中看鱼，
右边是亿年火山岩，
水暖暖，红沙滩。
左边是刀削崖，
横卧海中的一条石岩。
海面中间是个大石岛，
拥簇他们的是波涛汹涌的海面，
灰白云衬托的蓝天，
这是圣岛最激荡人心的一幅画面！
地中海，

人类的另一个母亲，
你用乳汁养育着南欧罗巴。
太阳快落了，
西边早已喷出万丈红霞。

（十六）伊亚吃晚餐

酒店受骗生完气，赶到伊亚吃晚餐，
餐厅名叫斯开拉，悬崖上面沐海风。
左右一看黄皮肤，中华游客世界行，
终于今天富裕了，扬眉吐气大汉情。
生煎海鱼葡萄酒，悬崖观海看星星，
怎想中国有今日，千家万户欧洲行，
导游红旗遍世界，几亿国民星火红。

（十七）在圣托里尼岛看星星

悬崖酒店泳池中，躺在水中看星星，
七颗北斗银河挂，远看海湾近看灯。
伊亚小城亮起来，小店连着西餐厅，
首饰鞋包沙滩装，海鲜大餐葡酒红。
对对伴侣定终身，户户游客尽英雄，
岛上观海美景醉，圣岛度假自由行。

（十八）圣岛帕丽可诺斯餐厅

帕丽可诺斯餐厅，地处伊亚街正中。
伊亚海角观日落，观景台旁世遗址。

商业主街在东边，黑夜灯火通透明。
看不够的工艺品，吃不够的青口虹。
数不完的大鼻子，多了许多中国星。
我们吃饭小餐厅，设在顶层天台中。
一共只有十张台，看着大海沐暖风。
一曲悠扬提琴曲，希腊配乐是教父。
天籁之音催人醉，古典音乐振西风。
海鲜虾饭香入口，圣岛红酒醉家人。
一次美食一次课，千古文明自爱琴。
圣岛原是火山岩，建成度假好江山。
山上白屋一片片，悬崖下边美沙滩。
自然资源可雕琢，江山万里生命源。

（十九）在雅典的最后一天

今天，在雅典待最后一天，
早早就刷了牙，洗了脸。
遛遛弯，转了个家乐福店，
法国人真厉害，
就像当年占领巴西一样，
也把雅典占满。
店铺明亮，商品齐全，
只是不景气，
大白天竟没几个人转。
经过中国城，
房子破，街道乱，

只是还有好中餐。
转转奥莱店，
品牌少，档次差，黑灰一大片。
城里街道不宽，
多层立两边，底层都是商业，
房子都太一般。
不像欧洲老城，
更像重庆老城。
小车停满路上，
晌午还在梦乡？
登上陡峭的山巅，
三面环山一面海天，
海是爱琴海，
山是利卡维多斯山。
整个大雅典，楼宇千万间，
都是大白墙，少数有橘红瓦，
九个大区密麻连成片。
教堂多是圆顶，
红瓦建筑是新古典。
宪法广场宽大庄严，
宙斯神殿、卫城，
代表着希腊的远古从前。
中央公园中，
万绿丛中的扎买官，
又是那样的艺术场面。

三面山峰环抱着这些建筑，
给山城吸来多少海风，
又送来多少温暖。
这样的山海地势，
古代波斯人打过来还真难。

再次走进阿拉善

（一）进腾格里大沙漠路上

任总林洁机上见，还有书盟在旁边。
岁月如梭十一年，今日又进阿拉善。
机窗俯视贺兰山，荒凉秃山仍心酸。
祖国山河地域广，沙漠地薄缺青田。
王维大漠孤烟直，长河落日少遗篇。
丝路花雨多文明，交融印记去贫寒。
为有蓝天多壮志，尊重生命护自然。
腾格里上想会亲，旌旗北国到江南。
会员个个似星火，点点星火共燎原。

（二）环保星火

一首再进阿拉善，深情款款心声来。
心怀深切情依旧，初心不改好情怀。
环保星火必燎原，长河落日有遗篇。

人性光芒映沙漠，蓝天白云绿家园。
五百会亲需奋斗，护好中华美江山。

（三）去种梭梭林

早晨，
太阳照在腾格里大沙漠上。
横卧的巍巍贺兰山，
也已经在长夜中睡醒。
戈壁滩上的梭梭苗，
生命力顽强的红柳，
还有簇簇花棒，沙棘，
她们纵横阡陌伸展着，
向又一批来种树的SEE企业家们致敬。
梭梭林基地，
治沙科普中心，
看着1.5万亩沙林地网格化，
气势磅礴，激动人心。
企业家们在梭梭林木牌边照相，
发给全国的会亲。
草方格最环保，
但成本高，
需要更多资金。
应把红色旅游力量，
转换成治沙的一部分，
还要做好上万亩梭梭林的经济循环。

三人一组种梭梭，
一人提水，一人挖坑，
培土种苗又一人。
传水小组真紧张，
人传水，水传人，
一桶水来一棵苗，
一棵苗来一颗心。
阿拉善旗帜下，
远方望去，
片片网格中的绿梭梭，
代表着 SEE 企业家，
充满人性阳光，
守护碧水蓝天的心。

（四）金秋的庆典

——腰坝镇

节水谷子丰收季，小米大任共承担。
巴润别立小镇美，贺兰山下彩云飞。
一望无际金谷穗，粒粒果厚落日圆。
农民舞蹈真鲜艳，致富路上心飞扬。
先熬八种小米粥，现场熬粥美体验。
志强上台讲小米，节水营销为第一。
农民兄弟有余悸，卖不出去是难题。
老任当即找马云，小米销售共努力。

农民致富是根本，环保致富一条心。
打造市场好平台，持续发展永创新。
幸福篝火燃起来，蒙古舞步醉三旬。
多想腰坝当村民，马放蒙古做农民。
人生苦旅踱新步，清风一缕碧水心。

去美国使馆签证的感叹

为了办旅游签证，
起床时，
时钟还不到早晨六点，
匆匆吃两口饭，
赶到戒备森严的美国使馆。
下车后，秋寒中，
像百姓一样把长队站。
提供存包等各种服务的小混，
满大街地叫喊，
冷得哆嗦，思绪万千。
想起了金融危机中，
美国康州几个州长，
都来北京求见求援。
在美国大投行总部，
我们中国企业家们也曾，
高昂着头颅，满脸骄容，

风光无限……
站在冷风中，
浮想联翩，感慨无限。
人生中有多少次地位的改变？
国家穷，就要看人家的脸。
国家强，民众才能挺直了腰板。
终于进大厅了，先排队拿号，
再排一队，把指纹留在美国使馆。
终于，等到了面签。
我拖着疲惫的身体，
足足等了两小时，
才终于排到面签间。
排在我前面的，
是一个女儿带着妈妈，
拒签了，因为看到妈妈泪流满面。
你们不理解妈想女儿的人性！
老妈妈这样的对白，
服务员，把她拉走，
说这话的是高傲的女签证官。
每天两千多黄皮肤的同胞来把证签，
不知百分之多少被拒签？
人类呀，用商品，货币，刺刀，导弹，
把人类分类，
划线、分捡。
什么时候消灭贫困？

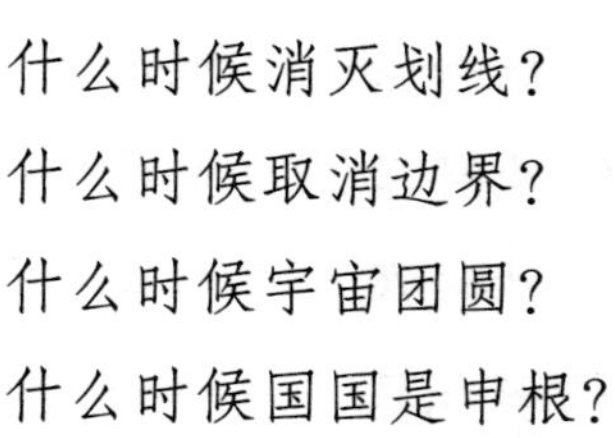

什么时候消灭划线？
什么时候取消边界？
什么时候宇宙团圆？
什么时候国国是申根？
什么时候自由建家园？

海南看项目

（一）香水湾 1 号*

商周时期属鼎盛，周朝活过八百年。
诸子百家重文化，百家争鸣开放花。
建筑符号真简约，线条简单斜屋顶。
石条板瓦屋顶挂，远看土城 T 形柱。
远古建筑多简化，中国后者多精琢。
主流变化追奢华，大的方向忘却了。
建筑本土植文化，才能真正国际化。
海南远从商周始，秦代设郡统天下。
设计房子土中长，就是一个部落乡。
海上建座中国院，后面牛岭是神山。
外国客人重文化，本土文化要至上。
不是专要仿古代，是找中国兴盛朝。
亚洲两大文明体，中国国学印度庙。
性格仍是中国元，西方管理技术高。
建筑外观中国根，室内现代华丽豪。
榻具舒适有品位，周总设计打图稿。

艺术建筑结合紧，香水湾宅气势浩。
海边生态小部落，树木丛中看屋顶。
听涛观海沐轻风，小路曲径似柳静。
设计新雅容积适，块块砖瓦文化情。
设计精文多厚重，傍晚吃饭在草坪。
海上中国院子景，夜晚天空白云卷。
一轮明月挂星空，外边大海波涛滚。
朵朵白浪奏天音，院内古筝禅音飘。
镜面泳池美倒影，东西厢房讲围合。
迎面客厅多华贵，人本创新力无限。
一杯红酒喝下去，一丝敬意记心间。
砸碎桎梏旧锁链，思维交流天下变。

注：＊香水湾1号是远东集团在海南陵水开发的一个房地产项目。

（二）国家雨林真体验

十八潭赏溪中月，彩蝶谷攀五指山。
真想快走雨林谷，桫椤滴水叶叶尖。
见血封喉大芭蕉，阳光照耀五指山。
平台打坐五指观，黎女沐浴仙女潭。
出嫁之前仙水洗，种棵母生保平安。
雨林谷中植物全，黄叶竹节秋枫攀。
鸟巢爵树山竹子，一路负氧离子浓。
毛松桫椤红毛楠，黄葛榕下走银河。
侏罗纪廊蝴蝶天，连理树下彩蝶溪。
凌空漫舞溪水飞，雨林参天清洗肺。

满天朝阳看一线，树木千姿生不息。
碧林吐绿紫罗兰，遍山奇石佛音谷。
鸟歌虫叫溪水潺，冲刺台阶一百米。
昌化江源头上悬，大瀑布下布水帘。
呼吸困难腿发软，心率快顶嗓子眼。
瀑布甘泉天上来，五棵神树静打坐。
天音活佛五指山，念完家国下木栈。
双腿空空踩木道，无暇观景看峻山。
上山难来下也难，真似石潭走慢船。
假如倒回二十年，也曾飞步过山关。
多想战旗猎猎飘，战马不会放南山。
商战硝烟展旌旗，还想再活五百年。

（三）五指山的早晨

早晨，又一觉醒来，
天已亮了，
我开始真正看到，
五指山掀开面纱的早晨。
热带雨林中的树木花草，
都睡醒了，
披着露水沐着山风，
在幸福自由地摇曳舞动。
谁也数不清，
在这热带雨中，
各种花树究竟有多少种？

考证说，热带雨林在中国，
只有这一片了，
这才是地球的肺呀，
想到这些，
心又是一阵阵地疼。
千年古树和灌木山花中，
鸟儿虫儿在尽情歌唱。
半个多世纪中，
我去过的热带雨林，
五指山不如亚马逊壮观，
但她秀丽，阳光，鲜艳。
东方泛白的蓝天下，
再远望巍峨的五指山，
这海南屋脊，天然氧吧，
真是一个冲天五指，
形态奇特而高雅。
满山滴翠，发源三河，
珍惜，独特，不可再生，
是人类共同的自然财产。
山脚下，一幅幅美丽的油画，
散养土鸡在草坪中安详，
棵棵古树在阳光下伸展枝叶，
千年万古中，
人类一代代繁衍生息灭亡，
雨林古树参天吐绿，万古流芳。

（四）半山半岛，你好

早晨的半山半岛，
一缕缕曙光已洒满海面，
太阳很快就要喷薄出来了。
一栋栋高层面海的公寓，
高大而宁静，
房子的主人们都还在熟睡着，
只有鸟儿在叫，
树叶在动，
海上的小船在飘。
地球上每一段美丽的海岸线，
基本上都让搞旅游度假的开发商们吃饱。
总是在美的大海边，
建起那么多的酒店、公寓，
商业街中又总是建了那么多的，
灯红酒绿的酒吧，豪华的赌场，
迎送着一个个破产和暴发的小弟和大哥……
一个好的生意人，
都懂得去占一段，
那拿一段、少一段的黄金海岸线。
2002 年，雅居乐做的一万亩清水湾，
最早给首创是每亩三十九万，
“那地太远太偏”，
我都忘了说这话的是哪个混蛋！

半山半岛的地，
最早给我们是一亩一百一十万，
冯总唐总却劝我有风险，
现在已是一亩三千万，
记忆中那是2004年。
国企的体制，
让人们无心盈利，
更让人们不冒一点点风险。
每当想起这段失败的决策期，
我的心比醋都酸。

2015年11月

走进川府大菜园

百善沙河一出口，昌平崔村南庄营。
川府酒家董老板，打造观光农业园。
一进董家大宅院，古色天香好牌匾。
勤俭持家四个字，左邻右舍左右院。
烟斗清茶洋雪茄，多像当年老地主。
不管世人你我他，吃饭川府美菜缘。
书院茶馆会议间，天台茶室观天下。
大棚蔬菜无公害，保证不用化肥药。
权威验证传佳话，萝卜茄子大白菜。
金童玉女小黄瓜，如同水果一样甜。

久违当年韭菜花，法梧樱桃山里红。
油桃草莓玉米把，食菜玉米贵族猪。
林鸡鸭鹅飞大雁，观光农牧好田园。
小桥大门重新建，邻路一组小吃院。
一百多名农民工，长期就业身份变。
众筹投资消费挂，丰富项目多样化。

走在吉林平原上

在长春一落地，
走进吉林大平原。
去松源的高速路，
就是一条柏油河在流淌。
路两边是收割完的玉米秸，
一排干枯的小白杨，
炊烟袅袅的农舍，
红瓦白墙，
大村中最好的建筑，
是韩式的天主教堂。
玉米秸，枯杨，简陋的农民小房，
走了一百多公里，
很少见到仓库和厂房。
这都是贫困的信号，
吉林平原，

你啥时候能变得镇镇富强？
让大地冬天也醒来，
让白杨中添些银杏黄，
让小镇美丽有产业，
让农民致富有盼想。

查干湖上

好久好久以前就听说，
每年 12 月 28 日，
是查干湖拉网捕鱼的好日子，
五百平方公里的大冰湖，
这一天是最欢快的时光。
六十八种鱼类，
胖头鱼，青鱼，草鱼，
让人眼花缭乱。
这就是一个鱼的王国，
这就是一幅鱼海的画卷。
两千米的大网，
一网打尽五十万斤鱼王，
一年的等待，一年的喜悦，
一年的辛劳，一年的希望，
都在这冰窖中，都在这渔网上。
东有长白山，西有查干湖，

蓝天白云下，128 公里的湖岸线，
全国第七大淡水湖，
松源平原上一颗水晶明珠。
松花江的水，清源不断，
五百里烟波浩渺，让人震撼。
太阳把金光洒在湖面上，
茫茫无边的芦苇金穗，
小别墅的红瓦白墙，
蒙古族灰色的王爷府，
金光绿顶的妙因寺佛堂，
渔猎博物馆尖形船帮，
开采石油的“磕头”机，
风中抖动的小白杨，
前郭尔罗斯蒙古族自治县，
成吉思汗的二弟，
曾在这里占据封地疆场。
湖边的库里村，
还是孝庄皇后的家乡。
一万多年前的远古，
青山头人在这里打猎捕鱼生活。
辽代开始，
每年皇帝来款待群臣。
查干湖是百鸟天堂，
几十种鸟儿自由奔放，
查干湖是百花园，

红杏，百合，粉海棠。
冬捕奇观凿冰取鱼千年，
羊皮袄的汉子气盖冰湖、脚踏江山。
祭湖醒网，
跳萨满舞的渔民痛饮壮行酒，
头鱼拍卖，一条叫价到三十万。
捕鱼人清晨烤暖手，
镩冰，下网，
收网是用马拉大绞盘。
圣湖是鱼仓，查干湖是母亲湖，
还有令人心醉的四季风光。
早春试网荷花妙寺，
小船野渡，草原、白羊。
生命的重生之地，
自然与人对话故乡，
蒙满文化的弘扬，
运动，养生，禅修天堂。
南方人，夏天与湖结合纳凉，
冬天看冰上捕鱼向往激荡。
查干湖我爱你，
你是又一个美丽的故乡，
松源我爱你，
你是鱼海、肉库、大粮仓。

杭宁寄语

一下萧山旧机场，阴霾夜空扑热浪。
杭宁高速车连车，农民小楼一幢幢。
右边眼见新宋城，左边滔滔钱塘江。
商品经济越发达，自然环境越苍凉。
富裕生活铜钱臭，想回千古美故乡。
粗茶淡饭叶叶舟，小桥流水炊烟香。
江南曾是幅幅画，白墙灰瓦马头墙。
不需纸醉金迷夜，想忆乡愁旧梦香。

湖州看太湖

早晨站在阳台上，
慢慢地吸了支烟，
然后静静地，
看着烟波浩渺的南太湖。
人类对水面，
有与生俱来，
不可割舍的眷恋。
人类离不开水，
离不开没被污染的水，

人生的节奏，
也如潮水一般涌动不息。
三万六千顷八百里太湖，
豪壮而灵秀，
叶叶渔舟，撒网打鱼，
半隐半显。
古人逍遥在太湖，
无忧无虑总快乐。
蓑笠寒江过一生，
生出来看湖，
又看着湖死去。
苏东坡写太湖：
山水青远，
还有描绘清空致远，
太湖风骨。
没腥风血雨，
有水乡得安逸，
这就是太湖的风，
太湖的骨。

中非论坛摩洛哥

（一）落地摩洛哥

从北京飞十一个小时，

巴黎转机去卡萨布兰卡。
先买打火机，
找地方吸支烟，
补足我十五个小时没有香烟的岁月年华。
商务舱是三座坐两人，
早餐还营养西化。
从空中俯瞰这颗北非明珠，
还真可称之为现代化。
蓝蓝的大西洋，
高速路，大立交，
绿森林，碧青草，
幢幢小洋房，
色彩是白红黄，
配上大西洋的蓝，
非洲也有现代化的画面。
什么国际化接待？
什么落地签的现代化？
北京已给了签证纸通知单，
下飞机后还要个个收单，
到一个破旧的屋子把证签。
幸亏有程涛老大使相助，
亲自收表指导大家把手续办。
四十多分钟过去了，
这叫什么听着美丽的落地签？
虽有碧草蓝天，

但没有高效的落地签，
就这四十多分钟，
已让我对这个国家的印象跑偏。

（二）卡萨布兰卡速描

出了机场见威武，一时紧张快脉搏。
突击队员大高个，冲锋快枪挎胳膊。
高速路是六车道，只是路面有点破。
棕榈树和翠柏树，菠萝树上无菠萝。
红旗飘飘五角星，怎像咱们大中国？
黑色土地很肥沃，干打垒房是农舍。
路途遥远进城了，楼型很像中国做。
方头方脑低层楼，一望无边满缓坡。
街道广告无规则，街边洋棚学法国。
街头行人黄棕色，白人黑人差不多。
私人轿车已很多，宝马标志雪铁龙。
主要车型属法德，中产社会是主流。
路过教堂好漂亮，广场商场仍流行。
尼克斯楼仍安在，想起二战北非城。
如今他们在哪里？风中雨中海浪中。
哈桑二世大教堂，世界第二十万众。
钛合金门拒海风，大西洋边响风铃。

（三）从卡萨布兰卡到马拉喀什

红石沙地桉树群，仙人掌树望到云。
浩瀚百里无湖河，骄阳似火晒死人。
马拉喀什在前方，阿特拉斯山托云。
古代百里跑死马，铁骑奔驰似弹琴。

（四）马拉喀什印象

穿越阿特拉斯山，马拉喀什进眼帘。
明月跳出地平线，久违星星数不完。
马拉是座商业城，千家灯火万家闪。
车辆鱼贯堵长龙，商业生活夜不凡。
不眠广场不眠夜，舞蛇卖艺香料甜。
库图比亚清真寺，私人休憩小花园。
大超市有家乐福，马尼拉莫购物欢。
酒店够派索菲特，豪华当属四季店。
摩洛不是摩纳哥，非洲列国属一线。
非洲文化根植深，欧洲城市美家园。

（五）走在摩洛哥大地上

走在摩洛哥大地上，万里无云晴空透亮。
天空为什么无白云？北非大地多是艳阳？
沙漠高地距太阳近？还是太阳眷恋家乡？
人类历史的发源地，各个种族的根部乡？
今天的撒哈拉沙漠，千古曾经是深海洋。

早期祖先创造文明，今日非洲落后他乡。
历史四大文明古国，近代败于工业列强。
北非大地已成沙漠，星星点点灌木草香。
如果没有公路驿站，行者会晒死沙漠上。
马赛马拉大旱季节，动物会死在干河上。
芭蕉叶子可当作被，广阔天地就是温床。
饿时充饥几根香蕉，古时条件人易生长。
谁想欧罗巴的崛起，非洲落后很少变样。
原因竟是平原太少，原因竟是有矿少粮。
二百年的工业革命，颠覆了人类的历史。
在网络革命大潮中，非洲是否也能跟上？

（六）摩洛哥晚宴

穿上礼服打好领带，
去参加摩洛哥政府的晚宴。
驱车二十多公里，
来到一个皇宫“农家院”。
大门口铺着鲜红的地毯，
摩洛哥人列队，
打手鼓，吹唢呐，
迎接中欧企业家代表团。
先是草坪上的鸡尾酒会，
让大鼻子的外国人和小鼻子的中国人，
一同认识，一块交谈。
谈生意，谈合作，

在北非的城市，
我竟遇到了两名“阿拉善”。
端起摩洛哥的红酒，
那高兴，那激动，
一杯一杯地往肚里干。
世界真小，
阿拉善真大，
一颗颗环保心，
把我们从世界各地相连。
寻找挣钱机会的动力，
又把企业家们聚合在非洲商场的前沿。
“饿了”，有人大声地喊，
绕过游泳池，
我们又走进了晚宴的宫殿。
大殿内，早已准备好了白色餐桌，
摩洛哥小乐队开始演奏，
演奏那轻歌曼舞的伊斯兰。
一开始摆了八盘小菜，
但大家看着，
谁也不率先动叉动盘。
原因很简单，
是用什么做的？“不知道”。
吃起来的羊油味，
更让人们不敢开宴。
第一道主菜上来了，

打开银盘，
大家又吐舌瞪眼，
鸽肉咸肉饼，
像一块巨型月饼，
一块一块切到每个人的主菜盘。
馅甜咸，皮纯甜，
不信伊斯兰教的人，
肯定吃不惯。
第二道菜，是塔吉小牛肉，
这是普世价值菜，
只是觉得口味太淡。
这两道菜，我都不能吃，
饿得发晕，
只好溜出去抽了三支烟。
为了会议的成功，
友谊的长存，
饿着肚子也得去各桌碰杯问盏。
人家用国宴水准款待我们，
我们却吃不惯，
这就是差异，
这就是民族饮食的多样化，
谁也不能强求谁。
因从娘肚子生出来，
已经长成了那样的胃。
不过也好，

有多少人品尝过摩洛哥的大餐?
又有多少人能不远万里,
来到这样气势的皇宫农家大院?!

(七)为睡眠去了“不眠广场*”

到了摩洛哥,
还是睡不好觉,
为睡眠去了不眠广场。
在北非的马拉喀什,
我要把不眠去思想。
一到广场,
看着那人山灯海烟火,
我的心开始蹦蹦跳得激荡。
眼见、鼻闻、耳听、口尝的一切,
桩桩件件都会让我不眠遐想。
老女人坐在小木凳上给人画汉娜,
就像西方的纹身一样。
这边冒着滚羊油的烟,
那边街上的洗碗水又是那么的脏。
在这儿敢画汉娜的人,
一定舞过凶狠的狼。
我正在给这神秘的广场照相,
突然有个披着羊皮头顶羊角的卖水人,
“照相给钱”,
他喊叫着生往我的镜头里闯。

在这个不眠之夜广场上，
你不敢轻易照相！
咔嚓快门一响后，
向你要钱的，
不是一两个，
而是一大帮。
前面围着一群人，
几个老头男扮女装。
跳着肚皮舞，
是那么投入，那么奔放。
但少不了到你身旁要钱的动作，
我真想给点小费，
但又怕被包围起来抢。
有个中国老妈妈，
就是因为给了几个人小费，
引来要钱人一伙一帮，
吓坏了那个好心的大娘。
听着叫卖声，
进入了水果、干果小吃区，
一辆辆大篷车，
摆满了干果、水果。
五元一杯鲜榨橙汁，
还算卫生、公道。
大漠之中的美味，
是甜蜜的椰枣，

据说糖尿病人也可以吃，
还可以活血壮阳？
小吃区最热闹，
片片烤肉区的碳烟，
拉客声，叫卖声，
还有小磁锅叫塔金的，
熬着度斋月的哈利拉汤。
按教规，
这个月每天日出后日落前不能吃任何东西，
日落后可以吃饭。
哈利拉汤是充饥的美汤，
就像中国陕西的呼啦汤，
河南的烩面，
这都是人们在充饥治饿方面的伟大创造，
还有专门卖蜗牛食品的专业车。
一盘盘烹熟的蜗牛，
干净整洁地向食客们致意招手。
进入小商品街了，
商品质量肯定是差，
有的皮带真是放个屁就能崩开。
这还不是关键，
一个买主来了，十个卖主上，
拉住游客的手，卖货诉衷肠。
哥哥你慢点走，一块儿照个相。
照相就要钱，不给脸发黄，

游客不敢买，游客不愿逛。
抬头低档货，低头被阻挡，
都是为了钱，都是逆生长。
不眠广场大，足有几里长，
马拉出租车，排队绕广场。
库图比亚清真寺，
马拉喀什的骄傲，
十一世纪的杰作，
最美最和谐的宣礼塔，
礼拜大厅同宣礼塔，
配合的也最天衣无缝。
顶部有三个金球，
其中一个是真金，
金料是用苏丹王所有王妃的首饰打造的！
说起来，
为了宗教宣礼，
王者也可倾其爱妃身上的财宝，
向人民边说边教。
这个清真寺真的伟大，
同拉巴特的哈桑塔一样，
被尊称为伊斯兰教的摩尔三塔。

注：＊“不眠广场”是马拉喀什的著名夜市。

中非论坛转机巴黎

（一）巴黎有个浮日广场

法国巴黎的房子贵的三十万一平米，
城边的也得十万一平米。
最近苏富比拍卖行，
香榭丽舍大街一套二百平米的高级公寓，
拍到四千多万欧元。
有阳光的房好卖好租，
三角地、楼角好卖。
浮日广场，
围合三层大高层、大联排，
底层则是小店，画廊。
浪漫，高雅。
丝网裸体雕像，
只有肩没有腿的铜雕。
酒吧，米其林餐厅，
十六世纪的酒店，
中间大广场，
跑马沙地，绿地银杏树，
这四合式的大联排楼，
三百多年前皇室们居住。
我想那是个什么样的大地产商，

敢开发后卖给皇亲国戚？
为了百分之三百的利润，
就不怕全家上断头台？
为了大利润，
敢于铤而走险，
身躯总是走在时间和灵魂的前面。

（二）巴黎你真冷又真热

巴黎你真冷，我冻得哆嗦。
因各国首脑，
29日要来开气候大会，
从早上到下午戒严前，
街道上没什么行人。
过去巴黎大街上总是人山人海，
今天半天也见不到几个团。
警察倒有一万多人，
光从法国南部就来了三千，
还有许多持枪大兵，
银枪闪，匕首亮，
过去是看不到持枪军人的。
每个好酒店，
都住了各国参加世界气候大会的总统，
酒店外，停满了各国使馆的车。

习奥普三巨头齐聚巴黎，
这里的安全性极高，
可以说，在任何国家都难找。
巴黎你真热，
老佛爷百货仍人山人海，
但黄皮肤少了，白种人多了，
他们不怕ISS，
他们说不能害怕、姑息。
人们脸上带着微笑，
那样安宁，自信，
露出什么也不怕的脸神。
香榭丽舍大街上，
依然是霓虹酒绿，
依然是人头攒动。
在比利时的雷奥餐厅，
看着一个个坐满了人的餐桌，
我们一瓶白葡萄酒下肚，
也吃下了二锅蒜蓉穆勒。
小孩们在悠闲玩着秋千，
大人们在圣诞夜市中玩乐。
巴黎呀，你一点不冷，
巴黎呀，你依然很热。

2015 年 12 月

中国三亚硅湾

（一） 创业投资南国海蓝的天

圣诞节的前几天，
我飞到了海南，
住进了香水湾 1 号，
呕心沥血地参与策划中国的硅湾。
什么是三亚硅湾？
这是一个什么概念？
先把问题说清，
再立目标、夙愿，
然后再确定价值观，
和令人一振的产品线。
人从哪里来？
创投达人又怎样在硅湾运作领衔？
资本从哪里来？
如何运筹世界创投界的热钱？
投资者和被投资者，
用什么样的交易平台，
把大咖们从北上广深
吸引到蓝海阳光的硅湾？
创投英雄们来了，
用什么样的全景信息，

把他们心中的视野覆盖？
阳光蓝海乐子，
自由、愉悦玩 High，
造什么样的度假圈，
把大咖们和创投人的“最爱”承载？
这里将集聚中国——
最有思维能力，
最有创新意识，
最受尊重的一群人，
每个人身后，
都有一个思想、技术的精英王国。

（二）硅湾达人

让这些身价不凡的达人，
享受安逸、健康的精神家园，
创造一个度假、创意、创业圆梦，
三位一体的共享平台，
创造一个全新生活方式的港湾。
新人类，新思想，新希望，
新技术，新生活，新梦想，
硅湾就是这群人。
最新的舞台和战场，
最安逸的家园和新故乡，
这是一群有技术、有资本的创投人，
他们当中有大咖，也有小鲜，

他们掌握着中国
股权投资和创投的南中国一片天。

（三）硅湾核心功能

在度假、创意、创业三位一体的平台上，
找到平衡点共享资源，
创投人大口地吸着蓝海和阳光。
上午冲浪，下午写代码，
一高兴乘游艇出海了，
上着班，听着音乐，
看文件时品着下午茶、西点，
甚至可以带着狗上班。
坐在玻璃大厅中，
就能运筹千里，眼观天下。
硅湾依托三个点，
香水湾别墅是文化资本人心灵的聚集地，
凤凰岛是科技信息项目的交易场，
五指山则是养生静心的大氧吧，湖中船。
一支大的创投基金，
一个创业黑马训练营，
一个天使投资学院，
上百家投行和中介机构，
还会不断诞生新阳光、新蓝天。
硅湾最核心的功能，
是四个平台四条线，

度假平台，新生活方式一条线，
全景信息平台，实时信息线，
交易平台，硅湾核心线，
经纪业务平台，是第四条线。
阳光，蓝海，医疗，文化，保健，
还有酒吧，音乐，电影，
自由，惬意，美丽，灿烂，健康。

（四）硅湾全景平台

全景信息平台——时时信息线，
这是创投买家卖家的最爱，
股票，期货，外汇，
技术，专利，项目，
大宗商品，黄金，白银，
裸钻，新技术，新专利。
彭博全球咨询系统会分分秒秒在线，
坐在海滩可看到世界的信息脉搏，
完成各类交易，
找好项目，投好项目，
几千个项目交易套现。
这是一个运筹千里的网线，
这里可以面对浩波万里的大海，
心潮澎湃，脑洞大开，
这里是创投交易思维窗、项目仓，

有人类最前沿的技术，
构建着人类更美丽的明天。

（五）硅湾核心线

交易平台是硅湾的核心线，
硅湾有着特殊的功能，
交易，实现价值才是最关键。
一批批科技项目在这里路演，
最新的思维、项目、技术，
都可以在这里进行证券化的交易套现。
精明的投资者像狼一样，
时时在捕捉着优质的科技项目，
无数被投资者又像小羊一样，
彩画出创投项目交易的片片祥云。
众筹，风投加银行，
一个个创新企业走向新希望，
一笔风险投资的名花有主，
又带动出多少资本和技术含量，
许多人昨天为吃饭还求人借几千元，
今天却被估值几十亿，
混出了创新经济老板的模样。
马克思早就讲过，
商品只有完成惊险一跃，
才完成了价值实现。
一个好的创投项目无人交易和投钱，

实际上就是在制造风险，
交易平台呀，
有些项目见到你哆嗦，
有些项目见到你风光无限。

（六）硅湾经纪业务平台

经纪业务平台是第四条线，
在前三大平台上的循环，
谁也离不开中介服务机构的光环，
对中介机构的招标，
大数据的外包，
众筹，风投及各类投行，
都会被捆在硅湾，
这架新时代新经济的战车上。
设立黑马基金，
培养出更多的创投黑马，
办好天使学院，培训投资教练，
世界总统联盟，
也会随着资本通道而来，
都会在这里舞刀弄剑。
医疗健康，结友平台，
艺术财富管理，
私人银行伙伴，
私人银行中有达人大家，
亿万资金都来自于大保险，

制造财富，帮助穷人，改变世界，
不断带传统资本走向新的明天，
实现艺术、科技、创意的混搭梦想，
这里的人们充满人性、阳光的心。

2016 年 1 月

元旦问候老友

岁月如梭，生命如歌，
静中休养，动中挥戈。
证道经商，闲时文者，
跳跃思维，创意江河。
坚定步伐，笑容温和，
慈悲胸怀，公益善者。
依然如旧，前行去做，
老友依旧，幸福快乐。

致春节

又过一年春节，送走六十光阴。
人生已过半路，江水长河不息。
两鬓虽已斑白，仍需挺胸高昂。
帆船还要出海，不管风浪滔天。

感恩亲朋好友，关爱一生收藏。
一声亲切问候，好运万里金猴。

2016 年 3 月

六安行

（一）六安菜花香

天高气爽赴江南，首创创业元老团。
寻觅乡愁创业路，六安菜花香西皖。
金黄花穗映千里，香樟衬红叶石楠。
大别石窑古牌坊，万佛湖润五百年。
老冯武爷伴金花，晓光中华俞昌健。
思忆乡愁创业史，红缨杆杆黄花弦。
星星之火燎原势，苦恋一梦二十年。
多想重奏创业曲，无奈难过一百年。
乡间黄花英雄泪，千古难有新纪元。

（二）大别石窟

大别石窟看夕阳，六安瓜片满壶香。
青砖庙宇青石路，翠竹丛中写青山。
别山洞天风雨在，哪有人生五百年。

（三）无题 1

植物亦有红绿紫，人生苦乐尽悲欢。

红中寻绿蓝见紫，风雨过后有蓝天。

（四）无题2

山上寒雪云飞渡，山下片片桃花瓣。
千古自然千古象，人生贫富非自然。

（五）六安西海

六安西海赏豪宅，三面环湖小西海。
将军马放南山去，光宗耀祖把家还。
一家一座洋楼住，个个都是“南霸天”。
侯总也来盖一座，当年苦娃富今天。
少年为寻出头日，寒冬热夏考状元。
家乡穷得点油灯，老娘为儿摇蒲扇。
皖西穷困苦读书，将军多产大别山。
侯总苦读进京去，学商理财勤耕田。
人民大学硕士位，得益北京商学院。
燕莎总会掌财位，首创总会度两年。
翅膀一硬下海去，新旧体制善转换。
背靠人脉拿资源，苦心经营扩资产。
原始积累膨胀快，长安中心浩鸿园。
证券期货房地产，金融驱动宏图展。
一个农民苦孩子，苦尽甜来奏凯旋。

（六）飞雪大别山

大别山脉峰谷深，清明时节雪飞银。

飞瀑千丈天上来，远看疑似雾中琴。
缆车越过三重谷，回头不见故乡人。
残疾相依残疾友，寒雪阴雨同路人。
天屏峰顶雪中松，刺天险峰在画中。
寒风凛冽飞雪降，那边望去龙剑峰。
皖鄂两省交界处，金狮啸天情侣峰。
青蛙望月剪刀石，天堂自有天堂行。
饥寒交迫下山行，竹桶吊锅炭火红。
山鸡竹笋豆腐皮，木耳排骨伴椒红。
小吊烧酒赛茅台，话闸一开无晚钟。

附1：武小强和诗一首

红尘已远江湖在，旧友啸聚登天堂。
大别山中风雪急，山外夕阳照黄花。

附2：冯春勤和诗一首

大别山上旧战台，春雪春水天堂寨。
英雄百年声犹耳，山花如血入梦来。

海南金沙滩

（一）龙波湾

龙波村中路弯弯，海上人家吃海鲜。
一路颠簸桉树过，破旧渔村海味咸。

黄土坡上单行道，车牌川渝铁马错。
突然游客天兵降，渔船餐厅无虚座。
你抢海鲜我抢菜，海岛度假故事多。
不宰你来又宰谁？长假才流热钱河。

（二）临高角*

椰林西边临高角，我军将士浪中漂。
蓝海滔滔北部湾，援越抗美小铁船。
都是人类血泪史，百年耻恨无明天。

注：*临高角是1950年解放海南渡海登陆战主要登陆点之一。它创造了古今中外战争史上从未有过的用原始木帆船打败现代化铁甲兵舰的奇迹。

（三）静思

龙波奇热衣湿粘，人头攒动自助餐。
客人太多服务差，想喝白粥没有碗。
餐后出门抽支烟，匆忙走去海滩边。
幢幢别墅无人住，青椰绿草诉海乡。
得益改革开放举，中产阶级买洋房。
没有小平致富令，哪有渔村富海疆？
人民私产不挂钩，怎有江山万年长？
海南蓝海云南绿，全国人民新故乡。
海滩一块少一块，绿谷生态高负氧。
千年沉寂穷渔村，幸福小镇新天堂。

（四）想做永生不眠人

极目远眺是南海，波涛汹涌美西沙。
海面渔舟叶叶漂，不见撒网打鱼人。
海岸水松根茁壮，棵棵椰果乳汁甜。
浅滩礁石海藻绿，美酒香茶醉亲人。
海有千年万古浪，人有累马歇蹄时。
拂晓踏沙看红日，岁月悠闲美黄昏。
人生一梦好境界，想做永生不眠人。

（五）金沙滩治病

清明时节来海南，小驻几日金沙滩。
老伴丹丹小张鑫，耀坤医生自中山。
家里太太是轴心，夜夜看护常无眠。
清理房屋洗衣忙，一家之主带欢颜。
深圳飞来小丹丹，睡到中午才吃饭。
带来欢声和笑语，关键时刻来陪伴。
上海张鑫最辛苦，一部租车忙接站。
一天几趟送大家，忙完后来又忙前。
最苦最累李医生，扎针按摩又拔罐。
早晚两次四小时，为我治疗送甘甜。
亲自摘采一点红，清肝明目补丹田。
熬煮一锅白花菜，清热解毒清肺源。
曾是军中好军医，创新医术传岭南。
成千病友都受益，银针虽痛苦中甜。

2016 年 4 月

峨眉山

（一）初进峨眉

西南壮美峨眉山，连绵百里桑拿天。
不见香樟绿月榕，不见银杏黄遍山。
乐山大佛鬼斧工，慕名入驻红珠山。
川西农家菜香甜，龙池萝卜炖白肉。
湖山一色纯自然，下午匆忙看规划。
看地看房走黄湾，景区大门商业街。
农民新居好门帘，峨眉当需大策划。
打造平台定位先，高空审视大峨眉。
缺啥补啥引智贤，谁主峨眉大沉浮？
上市融资价值链，投资内容有文化。
保护自然又赚钱，旅游文化引品牌。
科技体现声光电，外部山青水又绿。
文化娱乐深体验，民族国际衬自然。
现代文化内容美，挖掘峨眉五千年。

（二）登峨眉山

清晨漫步红珠山，青山绿岭湖水涟。
四号别墅中正建，当代达人多群贤。
英雄霸王爱江山，金顶镶在峨眉山。
拂晓登顶观红日，十有八回看不见。

山路九曲十八弯，波涛绿树红杜鹃。
登顶即见云中日，个个都是小神仙。
峨眉金顶十面佛，三千海拔心脏痛。
小雪薄雾景难见，喝杯雪芽吃斋饭。
细听主持述金顶，千年古刹生火患。
大雄宝殿华藏寺，十面金佛震西南。

小米梭梭见精神

宁夏上空的云是棕白色的，
朦胧得像一幅沙画。
云层的下面是沙漠，
和光秃秃的山。
黄色的黄河，
河套上点缀着星星点点的绿。
山脉中、河套边，
都是一片片的沙。
没有白雪，
更没有成片的绿化。
四千年前，
这里还有湖泊、绿洲，
和大片大片金灿灿的胡杨。
千古洗礼过的风沙大地，
人类在这样的沙漠上已无法生存。

沙漠一寸寸地向贺兰山上爬，
据说爬上了山顶就会淹没了北京城。
多凄凉的自然母亲，
有些躯体已从美变成了丑。
多可怕的人类，
对自然的破坏，
已像毒液一样侵蚀着大地母亲的胸襟。
黄河河套平原，
还有那么一点点绿，
还能供养那么一点点人。
如果那一点点绿也没有了，
在地球上哪还能看到不受污染的人群。
阿拉善的会亲，
我们是一群觉悟起来的大军，
我们已经点燃了治沙环保的星星之火，
我们又肩负着多少保护碧水蓝天的重任！
今天，
我们在种节水小米，
明天，
我们在植万亩梭梭。
每一株小米，
都会结出沉甸甸的果实，
每一棵梭梭，

都会在沙漠中长大成林。
播种的粒粒小米中，
浸透着企业家的精神，
种植的棵棵梭梭树，
又展示着企业家们
那颗充满人性和阳光的心。
我们种的不仅是小米、梭梭树，
更播种下了守护碧水蓝天的阿拉善精神。

腰坝镇春种小米

早上八点急行军，赶到小小腰坝镇。
只见飞沙狂风起，春种小米履大任。
种田农户早准备，身着军装真精神。
春播吃苦为秋收，节水增收致富勤。
协会创造新模式，节水小米定标准。
资源采补找平衡，留住沙洲有绿林。
农户订单有保证，生产流通两安心。
农业方式有创造，保护生态富人民。

2016 年 6 月

爱尔兰爱丁堡之行

（一）终于去了爱尔兰

多少年做梦，
都想去爱尔兰，
都是共和国的狙击手，
把我的梦击破阻拦。
时代变了，
岛国的阳光灿烂，
我们从伦敦，
飞到了爱尔兰。
草是那么绿，
天是那么蓝，
机场是那么破，
过关是那样慢，
动乱是祸根，
恐怖是根源，
英军是猎物，
民族的灵魂是好战。
人民爱生活，
和平才是生活的本源。

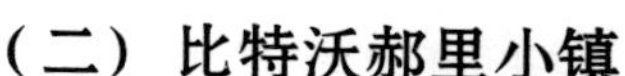

（二）比特沃郝里小镇

清晨，爱丁堡还下着小雨，
我们已经朝尼斯湖进发。
那只谁也没见过的怪物，
吸引着成千上万的怪人早起。
三文鱼回流的冷清溪，
养育了成群结队的冷水鱼。
绿透了的小山，
雪白雪白的云，
湛蓝的天，
绿草，树丛，小屋，炊烟，
像油画一样的画面。
铁索桥，小酒吧，
懒洋洋的躺椅，
还有那只小猫，
都勾画了苏格兰最美小镇的骄傲。

（三）在尼斯湖的船上

烟波浩渺的尼斯湖，
冰川裂缝的结果，
奥古斯塔斯古堡，
千年屹立在湖边不倒。
湖水深极了，
湖水又冷极了。

尼斯是喀里多尼亚河的一段，
沿岸众多生物的美丽家园。
马、鹿，在山中徜徉，
狍子在水边畅饮，
红松鼠，小鱼鹰，
还有可怕的秃鹫。
人们来尼斯湖是为寻找水怪奈茜，
最后人们发现是一个个闹剧。
虽然没有看到水怪，
但看到白鱼千千万。
尼斯湖的宽阔让你倾倒赞叹，
陡峭的山峰，
美丽的倒影，
又让你时时处在风中雨中画卷中。
还有二百年前开掘的金狮运河，
石蜡灯起源的博纳灯塔，
水怪产业的德伦纳卓克村，
多河福大宅，
是伯顿勋爵儿子的家，
三百年前的大豪宅，
浸透了威尼斯的豪华风格。
每年6月小村中的海角摇滚音乐节，
是一场天音绝唱的岛思。

（四）我为女将试披肩

沈阳齐辉购物忙，英国披肩买一箱。
红黄青绿紫桔蓝，羊毛披在人身上。
突发奇想我创意，我试披肩扮女装。
大红披肩苏格兰，红黑方格我披上。
身边拥簇四美女，金花伴我在中央。
个个心花在怒放，我领金花试女装。

中新杭州董事会

（一）心绪

丝丝细雨润心田，良渚会议开纪元。
中华文明曙光地，城镇发展创新篇。
股东同心创新业，中华城镇展新颜。
科技智慧新生态，细为用户出方案。
创新设计精策划，产业集聚现代化。
投行业务是核心，资本运作专业化。
产业构架是基础，金融服务是源泉。
经济发展新道路，事事创新日日变。
股东连股又连心，共创和谐新海湾。

（二）无题

祥居散步空气鲜，香樟枫树桂花甜。

曲径通幽静天地，竹林深处有洞天。
小桥流水荷叶翠，银壁灰瓦女儿墙。
盆景影壁画中画，大夫云中好经商。
周总世代清教徒，游走自然西子旁。

（三）良渚遐想

良渚村长周“剥皮”，小官志大好业绩。
环境公司已上市，土豪庄园美出奇。
人生如梦快如梭，乐在梦中才是戏。
活着活着就老了，只争朝夕才不虚。

2016 年 7 月

芽庄见闻

坐船出岛游芽庄，南越滨城好风光。
小岛大海老城在，满街尽闻榴梿香。
换上泳衣坐快艇，芽庄游海踏白浪。
小岛深处看珊瑚，口含吸管海水呛。
七彩珊瑚画中游，百年海龟晒太阳。
出海垂钓加吉鱼，哺育小城蓝海洋。
小城人民多信佛，轻声细语别无恙。
祖先来自印度洋，后来才有南越帮。
七世纪建印度庙，印度后人演歌舞。
甘蔗甜水砌红墙，铜铃短笛曲悠扬。

十八世纪法军来，东西文明相辉映。
百年殖民统治史，人是良民多善良。
菩提树下向远望，蓝海高厦新芽庄。
大批外国新移民，小城找到新故乡。
物美价廉环保地，负氧蓝海寿命长。
登上青山看小城，美景如画放眼量。
城市开发改旧城，渔民山脚建新房。
芽庄海域十九岛，沙滩之地都盖房。
两大私人财团富，岛屿开发产业强。
索道横跨蓝海上，白沙滩上建山庄。
芽庄老城有品位，旧而雅致多小巷。
多像广东小城市，九十年代那模样。

电影创作随想

晓风破雾现祥云，丽日中天见精神。
海纳百川苍天意，人生万象魂中魂。
千古人物登银幕，沧海横流解故人。
同聚文案画时代，行臻妙处塑乾坤。

致辞电影人

有思想的人，
生活在多彩的世界，

必然演绎出，
多彩多姿的人生故事和世间情态。
人生百年，岁月如梭，
活着活着就老了，
老了老了就死了，
苍茫宇宙，历史风云，
活的风采，死的尊严，
世态炎凉，林林总总的人类画卷，
经由电影艺术的提炼，剪裁、雕琢，
放在五彩缤纷的银幕上，
任人耳闻目睹，如身临其境，
使人类对生活广度与深度的认知
具有了无限可能，
这种可能首先来自于电影剧本。
我们是一群写电影的人，
我们的使命是创作电影剧本。
涓涓细流，汇聚成河；
海纳百川，有容乃大。
我们聚集了一大批，
不同年龄、性别，
不同生活阅历、不同知识结构，
不同人生观、世界观的剧作家，
艺术创作来源于不同的生活。
剧本既是生活的蓝图，
更是人生的提炼，文化的荟萃，

社会生态的浓缩。
在生活中创作，在创作中生活，
无须穿越，
我们从历史走来，
也向未来走去。
满怀对人生的敬爱，
把生活的酸甜苦辣，
社会的真伪、善恶、美丑，
用创意酿造出饱含文化的浓醇，
醉了整个世界。

美国自由行

（一）小城圣荷西

美丽小城圣荷西，万紫千红玫瑰园。
挺拔雪松围成墙，青青草坪闻花香。
老人青年做义工，圣荷小城美名传。
花园后面是境界，美学文化心底宽。
没有资本铜钱臭，只愿天下尽蓝天。

（二）走进旧金山

旧金山是大金矿，
太平洋的海水蓝蓝。
旧金山有落基山脉，
还有狂野的沙漠，

细嫩的沙滩。
旧金山有淘金人，
更有卖牛仔裤、淘金工具的服务站。
旧金山的机场实在旧，
旧金山的高速行车难。
中午吃个麦香鱼，
住进汉普顿小酒店。
佛拉蒙特小城镇，
硅谷区中一小片，
这里人群收入高，
年薪三十多万美元是贫困线，
物价高过纽约州，
中等独立洋房八十万。

（三）双峰山

登上美丽双峰山，一览旧金山海湾。
悉尼虽有塔包贝，小贝怎比大海湾？
一座城市记心间，四边海湾收眼帘。
湾中全是小别墅，海上全是白帆船。
双峰峰顶大风烈，刮个跟头上西天。

（四）旧金山重游

机场租车走高速，880 公路行车难。
远方望去是山脉，横贯南北落基山。
车流多是日产车，讴歌凌志和本田。

德国汽车也不少，开放市场看美国。
进入西湾斯坦福，百年名校故事多。
中心喷泉银柱美，高塔校标教育国。
斯坦福校占地少，树多钱多草坪多。
美国教育历史短，追溯历史二百年。
当年不同政见者，政治迫害离英国。
五月花号自由种，到美办学硕果多。
帕劳雅投区最好，乔布盖茨筑大巢。
福恩园中四川菜，味正服务太糟糕。
点菜几次无人到，好像文革卖肉铺。
脸无笑容孙二娘，唐人街上脏乱差。
捏脚技术水平强，花街盘旋九道弯。
粉色大粒绣球红，蓝天湛湛旧金山。
绵羊云彩落基山，老码头淌华工泪。
自由心向海鸥飞，情人港衬渔码头。
海鲜街旁海盗船，人头攒动鸟飞渡。
有轨电车昏路灯，旅游商品线披肩。
看海餐厅美如画，海景幅幅映眼帘。
海鲜蒜蓉蒸清口，面包装满海蛎汤。

（五）出海

买张船票去出海，满天灰雾浪涛天。
有时海湾多平静，有时海水溅满船。
大海顽皮像孩子，风雨来时经考验。
船过犯人禁闭岛，绝地关过死刑犯。

如今古迹为今用，导演借地拍大片。
孤岛劫狱险中险，英雄功成尽开颜。
浪中船过金门桥，风雨交加拍张照。
历史记忆常记录，拍时吃苦看时笑。

（六）赌城小试

凯迪拉克加长车，闪耀光辉来接我。
夜深人静到赌城，繁华之时已过景。
没有赌场新工地，服务全在铜臭中。
酒店不再赠冰水，热水五元送一瓶。
自助餐厅吃限时，老虎机上改赔率。
一百美刀投进去，两毛美元算大挣。
大奖只有几十声，一夜难赢两美刀。
想起赌城十年前，几百拉出万元红。
轮盘赌也做手脚，筹码最小二十五。
腰带穿起小腰包，海归农民加土豪。

（七）腾云飞到大峡谷

今天坐上直升机，大坝峡谷绕一绕。
蓝天白云雾中穿，黄土高原隆沟锥。
国际第二大巨湖，飞机俯下大峡谷。
我盯仪表变速杆，分分秒秒在盘旋。
学会飞机下掉时，传奇救人速拉高。
晴空万里白云中，我看当年红鹤城。
资本主义真厉害，沙漠变成黄金城！

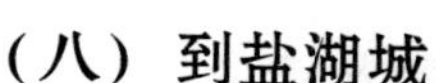

（八）到盐湖城

下了飞机开进城，荒山大漠眼发冷。
美国科技在西部，好多都是沙漠城。
七月骄阳酷似火，喝口可乐冰上冰。
换上夏装轻便鞋，好奇盐湖解惑中。

（九）盐湖城印象

白天晴空万里，夜晚明月繁星。
白天四十多度，夜晚沐浴热风。
大山荒凉不尽，土壤沙化滚动。
莫笑台北小馆，牛肉汤面海碗。
爬上雪鸟山峰，满目青翠无边，
谁说荒凉不尽，盐湖也有青山。
上山厢式缆车，下山铁杆滑座。
踩云驾雾天游，大口呼吸自然。
棵棵百年青松，万古青石不变。
人类小如蚂蚁，山风一吹飞天。
登上玉峰天台，观赏千沟万壑。
隐峰层叠无穷，彩云裹住叠峰。
每日登峰远眺，生命动力无限。

（十）往黄石公园路上

盐湖城进怀俄明，一路青山一路云。
左边深黄土石山，被水冲刷千万年。

沙漠草原灌木丛，西部响马有英雄。
右边山是青翠峰，青松大湖中部情。
朵朵白云蓝天挂，簇簇沙棘刺人生。
座座小屋炊烟起，无边草场牧歌行。
千古人烟比草稀，没有交流无生命。
放眼百里一条路，大山横卧沙草中。
这山那草一个样，困得开窗吸热风。
啥时走进黄石界？揭开面纱看美景。

（十一）进入黄石公园

瑞士高山大草原，黄石首张美画卷。
尝过千里沙漠苦，才知翠谷小溪甜。
美丽小镇匆匆过，新式教堂白塔尖。
汽车驶入大奇顿，青石峰上尽青松。
峰谷小溪湍湍流，木筏漂在溪流中。
头顶青天踩碧水，乐在画中梦里行。
白云走来山也走，昂头远眺看彩虹。

（十二）大奇顿国家公园

沿着沙漠草原路，进入公园大奇顿。
蓝蓝天空白云飞，白色雪山多高贵。
淳朴印第安那人，一八二零交山权。
印第安人被同化，政府征地一百年。
国家公园从此有，沙漠草原湖泊连。
青松雪山和黑熊，挺拔秀美欧文山。

碧绿之湖杰克逊，山顶白雪是水源。
终年不断山水流，人类生活靠自然。
湖水清澈可直饮，又像碧玉翡翠盘。
湖中小艇白浪推，小船划水一家人。
远看山峰峰盖雪，湖边青松翠柏林。
雄伟山峰是父亲，碧蓝大湖是母亲。
山峰大湖千百年，哺育印第安那人。
湖边餐厅吃午餐，经济实惠美香甜。
火鸡培根三明治，意式油炸洋葱圈。
汉堡包加红薯条，墨西哥饼果酱酸。
自带馒头豆腐乳，辣油玉笋自台湾。

（十三）信号山

河流草原，提顿公园，林不太密，巨大绿草原。
山不算高，河流急湍，纵览山小，信号山制高。
发现红毛，烽火点燃，万马寂静，看我印第安。

（十四）黄石喷泉

太阳下面坐长凳，等待火山喷彩虹。
旅游产品是什么？眼睛美景咔嚓中。
人类有钱不闲着，入地下海上太空。
黄石火山喷雾水，代表景观最引人。
人头攒动不老泉，边吃雪糕边观看。
短短喷了几分钟，满头大汗也心甘。
中途七彩斑斓泉，木道修在彩池边。

美景脚下腾热浪，热泉可以煮鸡蛋。
黄石这泉最美丽，天下美名不虚传。

（十五）黄石东线

连绵青山大山谷，青松五成是死树。
好似大火连天烧，茂盛百年一年枯。
翻过这山进那谷，翠绿古松千万亩。
峡谷白浪飞瀑落，颗颗银珠织彩虹。
回到当年古战场，白人追剿印第安。
条条静静冷水河，波光荡漾似银河。
千年河流万年石，两岸青松飞鸟过。
人生只有百年路，苦乐年华伴水思。
河边横卧枯树干，树干上面花烂漫。
冷水小溪穿桦林，翠绿温泉热气腾。
热流淌进冷溪水，紫花盛开艳溪边。

（十六）离开大提顿

离开大提顿，开往黄石南。
转了两昼夜，不见美石林。
大提顿真大，还是那湖山。
想看棕红熊，可惜无匕首。
马也住房车，幸福赛人间。
越过木屋门，终进黄石南。
闻到红松香，才见黄石人。
石林大峡谷，片片枯黄林。

南美病虫害，北美遭劫难。
秃杆死松木，迎风喊屈冤。
路易斯湖畔，临水坐木杆，
岸边火山石，鱼藏深水间。
格兰特小镇，停车吃午餐，
蒙特三明治，牛肉大汉堡。
西葫意式面，肉酱土豆汤，
泡馍真是香，胜过在家乡。
江记豆腐乳，辣油红玉笋，
特从纽约买，乡情永难忘。

（十七）太浩湖踏浪

驱车六小时，黄石到雷诺。
浩瀚太浩湖，碧水托青天。
千里大沙漠，珍珠镶中间。
穷人住沙洲，富人住湖边。
人类不公平，苦乐享资源。
都要有个家，环境是关键。
湖上三小时，踏浪开飞船。
提速发飙飞，感觉快又悬。
湖深五百米，大湖蓝又蓝。
一边躲暗礁，一边把景看。
开到加州去，开回旧金山。
天天好心情，再活五百年。

（十八）金门大桥

旧金山连太平洋，金门大桥是门户。
一九三七开始造，十万吨钢全消耗。
发债三千七百万，收费还债四十年。
桥上自杀一千三，多少阴魂喂海神。
左边山脉卧海中，山上乌云云翻滚。
右边小山多清秀，棵棵青松昂着头。
红色大桥海中立，风雨海浪拍打旧。
青山壮美海洋深，功盖千古写春秋。

（十九）太平洋海岸的小餐厅

太平洋海岸的小餐厅，
看着傍晚的大海，
看着菜单点菜，
真是美极了。
牡蛎汤，凯撒沙拉，
吞拿鱼，芝士汉堡，
还有香喷喷的热狗，
香槟也来了。
小餐厅玻璃窗外的风景更美，
一望无际的太平洋，
海天一色，白浪滔滔，
海边上长了几十年的爬地松，
郁郁葱葱，油油绿绿。

夜晚来了，
天上一轮明月，
天空银星灿烂。
这是一个希腊小伙八十年前开的小店，
1906 年小伙子带着新娘，
坐着小火车横跨美国，
在海边开了这家小咖啡馆，
然后开了这家小吃店，
这就是美丽的旧金山。

（二十）旧金山看豪宅

豪宅亚瑟顿，旧金山南湾。
古树筑绿墙，景深不见房。
红花绿叶掩，院院飘花香。
地大人烟少，加州豪宅王。
看好门牌号，也想占一幢。
人生大业就，有座美山庄。

（二十一）斯坦福购物中心

这是一个全新的购物中心，
小店与梅西*大店围合，
还有许多名牌店，
LV，BOSS 都在这里扎寨，
特斯拉车也在这里展示摆台，
只是没有高价格折扣，

管理上像奥特莱斯。
现代庭院种满了鲜花树木，
新潮花园式的购物。
广场上餐厅桌几十张，
乐队中的吉他提琴手鼓，
快节奏地奏响。
这是一个人性化的商业中心，
参与性的商业前途无量。

注：＊梅西是美国著名百货公司 Macy's 的译音。

2016 年 10 月

国庆长假葡萄牙之行

（一）波尔图

波尔图是葡萄牙的发源地，
又是镶在杜罗河上的一颗明珠。
十一世纪，
阿方索国王正式建国。
河岸看波尔图古又不古的古城，
庄重，美丽而有贵族气。
十三世纪，
葡国开始占领小国殖民地，
也占了南美大国巴西。

又是国王儿子沛德罗四世，
逆王朝而动，
自己解放了巴西。
著名的波尔图大教堂，
摩尔人风格，阿拉伯风格，
雕塑外观全部用的金粉铂。
走过埃菲尔铁塔设计班子设计的大铁桥，
在一个城堡的制高点观看了古城全貌。
在杜罗河边的餐厅，
品尝了美味的鳕鱼块。
三百年的火车站，
墙壁装饰的青花瓷砖画，
一片要十年才烧成。
莱罗兄弟书店的木楼梯，
那样艺术、美而实用。
走完步行街后又到大西洋边，
怪礁石，大海浪，
咖啡厅观海，
太阳西下，血红的云，
包着一轮血红沉入海底的太阳。
一层层白浪，
又引起我对去过的各个大海的回忆，
和在不同大海沉落太阳的回忆。

（二）布拉加市

布拉加市萨梅罗天主教朝圣地，
已建两百多年的圆形教堂，
大天台，大广场，
大可比天安门广场，
气势可比佛朗哥陵。
保罗二世教皇曾来巡视过，
山顶耶稣朝圣所教堂。
一百一十六个台阶“之”字形爬上去，
阶梯站立着威武的石雕圣像群。
童话般的喷泉，小礼拜堂，
满目青翠，云如柳絮，
白绵羊倒挂在蓝蓝的天空。
梅亚迪亚达烤乳猪，
皮酥肉软口香甜。
科英布拉大学，
已建七百多年，
迪尼斯一世国王创建，
王孙继续完善。
几个古老的学院，
蝙蝠吃蚁的图书馆*，
本本孤版书，
都保护了几百年。
中世纪的奥比都小镇，

也建了六百年。
古城遗址，中世纪古街道，
特色产品，文化艺宝。
从波尔图到里斯本，
一路青岭一路云。
高速公路还算发达，
乡村小镇民宅新。

注：＊葡萄牙英科布拉大学创建于1290年，已有700多年的历史。2013年被世界教科文组织评为世界文化遗产。学校最负盛名的是图书馆，其中图书孤本堪称世界之最。由于图书经常遭蚁虫的侵蚀，为了保护图书孤本，发现了蝙蝠是蚁虫的天敌，故在图书馆饲养蝙蝠。

（三）奥马达小镇

奥马达小镇，
高大的耶稣雕像从巴西运来，
每天都产生着巨大的影响。
贝伦塔，
为防敌人入侵，
大炮，军火库，
国王就在二层住。
葡式贝伦蛋挞店，
建于1837年，
宗教革命，
从天主教改为基督教，
国王把天主教徒都赶走。
修女们无生计，

开了个蛋挞店，一点点扩大，
今天成为葡萄牙的名片。
发扬光大这罗尼乐斯修道院。
自由大道名牌街，
路那么宽，
没买什么衣服，
车却被走神女士顶了一下。
上山去圣乔治古城遗址，
摩尔人建的，
距今已九百年。
古城制高点看全城风景，
英国人送的爱德华七世大公园，
里斯本，一个富有的城，
一个值得来住一段时间的城。

（四）又过一年国庆节有感

人活着活着就老了，
老了老了就死了。
关键是为谁活着？
为什么变老？
为谁、为什么死去？
有了正确的生死观、价值观，
老就老了，死就死了。
关键是，
活的有价值，死的有意义，

活着有品质，老的有内涵。
这就是苦乐人生，
这就是人生变老，
有滋有味的生命过程，
人生的过程要充满阳光和人性。

（五）埃乌拉小城

埃乌拉小城，
一百多年吃烤黑猪肉的小餐馆，
美味佳肴引着人们慕名前来。
四百年前建的人骨教堂，
建造根源来自一次大霍乱。
尸横遍地，白骨成山，
教堂是用这白骨堆建的。
罗马神庙的残垣断柱，
证明了罗马人统治葡萄牙人在七世纪前。
车行在葡萄牙乡间公路，
感觉还挺好，
便捷，快速，安全。
葡萄牙中部还是穷困，
光秃的山岭和干涸的平原。

（六）维拉莫拉旅游小镇

维拉莫拉旅游小镇，
游艇港几百艘游艇真壮观。

有一艘黑色游艇像一只黑天鹅，
居住在白天鹅的部落。
一个建筑造型像一艘大邮轮，
永远睡在那港湾中。
港口的三面，
全是酒吧，餐厅，
到了旺季和晚上，
人头攒动，水泄不通。
人们穿着背心，短裤，
喝呀，吃呀，聊呀，
整个港湾都在舞动喧哗。
好像明天世界末日就要来了，
今天要把毕生的酒都喝干，
把毕生的话都放出话闸。

（七）看日落

圣文森特看日落，一路高速没有车。
急着赶路看日落，巨石横立海角上。
几千游客围石坐，悬崖下边是大海。
海浪涛声把石摇，海风要把人吹倒。
人人冻的穿棉袄，为睹日落吃苦了。
不知谁先尖声叫？红红太阳沉海了。
海角蓝海落红日，自然奇观红海潮。
海天看去无人类，亿年巨石磨天刀。

（八）维拉莫拉的海

维拉莫拉的海，
大西洋的海，
碧绿的波浪，
蓝蓝的海床，
红白色的灯塔，
茫茫夜色中为船导航。
夕阳西下了，
太阳沉沦了，
上午还是个小姑娘，
傍晚就变成了下海的老娘。
人们躺在沙滩上发呆，
大脑神经处于静想，
想着在沙滩上说爱，
思忆着曾经的辉煌。
海岸上是维拉莫拉小镇，
漂亮的像夏威夷一样，
舒适的阳光酒店，
红顶白墙的洋房，
多姿多彩的绿树，
睡熟了的船港，
钓不完的海鱼，
晒不够的阳光，
过不够的假日，
玩不够的天堂。

后　记

刘晓光于2017年1月16日病逝。他离开我们快一年了，但他的音容笑貌、他的激情豪气、他的善解人意、他的碧水蓝天梦想，深深地刻在脑海里，挥之不去他那执着地拿着手机不停地在写的场景。

这是晓光的第二本诗集。这本诗集收集了2013年底至2016年10月的诗篇，共344首。这些诗篇是他近年的人生记录，是日记，是随笔，是笔录，是足迹，是游记，是宣泄……，是他思想、情感、内心和呐喊的写照，由此看到一个真真的、活脱脱的、少有语言却内心激昂、时有童心的刘晓光。

晓光的诗词有对亲人、朋友的亲情表述："虽然人生苦旅蹉步，但有知己亲朋，就有幸福长河"，"杯中清酒胜红糖"；

有对与之共同创业的首创干部兄弟情谊的表达："红血兄妹造首创，心有衷情到永久，真想再活五百年，再写创业好春秋"；

有对阿拉善会亲们为一个共同的环保目标走到一

起的情怀担当："初心不改好情怀，环保星火必燎原，五百会亲需奋斗，护好中华美江山"；

有对大自然敬畏的深深表白："人类需要革新洗面，还我地球上古本原"；

有对和谐社会、田园生活的憧憬："我们想飞上银河，我们想到月亮上去飘荡九天，不再有人间的争斗，不再有离开亲人的惦念，不再有名利沉重的手铐，永远是笑声的明天"；

有对人生活着的思考：人生是"有滋有味的生命过程，人生的过程要充满阳光和人性"。

……

痛惜，我们再也看不到他的新作了。

2015 年 5 月他刚刚退居二线，回来跟我说："我要再造第二个首创！"我惊愕他还有这样的胸怀大志。但看到他瘦弱的身体，只能无奈地说，再造一个首创哪那么容易。之后，看到他比以前更忙了。2015 年底，他让我把他的诗整理一下，准备出一本新的诗集，我打印成集，开始编辑。后因他经常外出看病，我陪着治疗，新诗集就搁置了。这次出版为了让晓光所写诗篇不遗漏，我把 2013 年下半年至 2016 年 10 月他发给我的诗从头到尾翻了几遍，每一首都核对后整理成集。除了对错别字的改正和历史人名、地名的考证、修正外，保持晓光诗句原样。出版社审稿时对一些诗句提出了修改意见，在不违背原意的情况下，做了个别的调整。

这本诗集的出版完成了他生前的愿望，也了却了我一生的遗憾。

这本诗集他会看到的，也会听到的。人间多了一本诗集，天堂多了一个诗人……

感谢任志强董事长为诗集作序并提出修改指导意见；感谢聂晓华女士对诗集出版提出参谋意见；感谢大学同学、出版社编审吕亚亮先生、编辑凌敏女士为诗集出版付出的辛苦审稿；感谢女儿女婿及家人的支持、陪伴。

感谢所有对晓光厚爱的朋友们！

刘菲

2017 年 11 月 30 日

图书在版编目（CIP）数据

生命的远方：刘晓光诗词选．二／刘晓光著．—北京：经济科学出版社，2017.10

ISBN 978-7-5141-8594-2

Ⅰ.①生… Ⅱ.①刘… Ⅲ.①诗词-作品集-中国-当代 Ⅳ.①I227

中国版本图书馆CIP数据核字（2017）第263796号

责任编辑：凌 敏 吕亚亮
责任校对：郑淑艳
责任印制：李 鹏

生命的远方

——刘晓光诗词选（二）

刘晓光 著

经济科学出版社出版、发行 新华书店经销

社址：北京市海淀区阜成路甲28号 邮编：100142

教材分社电话：010-88191343 发行部电话：010-88191522

网址：www.esp.com.cn

电子邮件：lingmin@esp.com.cn

天猫网店：经济科学出版社旗舰店

网址：http：//jjkxcbs.tmall.com

北京季蜂印刷有限公司印装

710×1000 16开 21.75印张 270000字

2018年1月第1版 2018年1月第1次印刷

ISBN 978-7-5141-8594-2 定价：68.00元

（图书出现印装问题，本社负责调换。电话：010-88191510）